U0670845

奥兹国奇遇记

铁 皮 人

［美］弗兰克·鲍姆○著
［美］约翰·R.尼尔○绘
刘颖○译

CHISO SINCE 1956 新疆青少年出版社

图书在版编目（CIP）数据

铁皮人 /(美) 弗兰克·鲍姆著；刘颖译. -- 乌鲁
木齐：新疆青少年出版社, 2023.4
（奥兹国奇遇记）
ISBN 978-7-5590-9329-5

Ⅰ.①铁… Ⅱ.①弗… ②刘… Ⅲ.①童话 – 美国 –
近代 Ⅳ.①I712.88

中国国家版本馆CIP数据核字（2023）第066866号

铁皮人
TIEPIREN

弗兰克·鲍姆 著　约翰·R.尼尔 绘　刘颖 译

- -
出版发行　新疆青少年出版社有限公司
社　　址　乌鲁木齐市北京北路29号
电　　话　0991—6239231（编辑部）
经　　销　各地新华书店
印　　刷　天津融正印刷有限公司
法律顾问　王冠华 18699089007
开　　本　787mm×1092mm　1/16
印　　张　11
版　　次　2023年6月第1版
印　　次　2023年6月第1次印刷
书　　号　ISBN 978-7-5590-9329-5
定　　价　45.00元
- -

新疆青少年出版社有限公司官网　http://www.qingshao.net
新疆青少年出版社有限公司天猫旗舰店　http://xjqss.tmall.com

CHISO 新疆青少年出版社

　　我知道很多小读者早就盼着能读到一本专门为铁皮樵夫写的故事了。因为他作为奥兹国系列故事中的常驻主角，实在是个传奇人物，前半生作为一个肉体凡胎命运多舛，有着令人唏嘘的身世，到了翡翠城后又飞黄腾达当上了温基皇帝。不少小读者屡次写信来关心铁皮樵夫当上皇帝后的生活和经历，大家最关心的一个问题就是，铁皮樵夫在被坏女巫施魔咒变成铁皮人之前，他的肉身——尼克·乔伯不是和一个姑娘订了婚吗，那后来呢，他有没有回去找他的未婚妻再续前缘呢？看起来小读者们都是热心肠，其实我也很想知道，只是一直等到流浪人伍特有兴致给我讲铁皮樵夫的故事时我才弄清了一切，因为这个铁皮皇帝平时不住在翡翠城，只有和他关系要好的伍特才对他的事迹了解比较充分。在这本书里，你会看到，我们的铁皮皇帝在经历了许多艰难险阻后终于找到了他的未婚妻，欲知后事就继续看这本书吧。

　　现在奥兹国故事的影响力越来越大，这些故事越来越受欢迎，读者范围也扩大了不少。令我惊喜的是，除了越来越多的小读者，很多成年人也一直在关注并喜爱我的作品。一个大学教授曾经写信给我提了一个非常专业的问题："你的目标读者是什么年龄段的？"这个问题真的很难回答，我困惑了很久，迟迟无法找到准确的答案，直到后来的一些读者来信让我豁然开朗。一个五岁的小男孩写信说："我很喜欢奥兹国的故事，那都是我姐姐读给我听的，这封信也是她代笔写的，不过我希望能快点认字，自己来读这些故事。"还有一个读中学的女孩的来信是这样写的："我今年十三岁了，是个乖乖女，能够在不是太老的年纪读到这本书我觉得很幸运。"另一封信写道："记得我小时候，每年圣诞节最期盼的礼物就是一本弗兰克·鲍姆的新书，如今我已经结婚了，不过我还是很喜欢读您的书，仍然对奥兹国的故事充满了喜爱和期待。"还有一封读者来信的作者比我年纪还大，信上说："我和我的老伴已经年逾七旬，我们都很喜欢奥兹国的故事，因为它能带给我们别的书中找不到的乐趣。"看了这些信，我的心被温暖和力量包围着，我给那位大学教授的回信是这么写的："我的目标读者无法用年龄来定义，一定要说的话，他们都是拥有一颗年轻的心的人。"

说到寄信，请容许我在这里多说两句，很多热心的读者寄来的信上都忘记贴三分钱的邮票了，这就意味着我要帮你们付这三分钱，当然，这只是不值一提的小事，不过你们成千上万的信都汇总到我这里，如果每封信都要到付那我很快就要破产了。

在书中，我信守承诺写到了奥兹国许多新奇的事物和魔法，故事充满了令人意外的起伏转折，希望大家喜欢。

献上我最诚挚的感激和敬意，你们永远的朋友。

弗兰克·鲍姆
奥兹国皇家史学家

目录 Contents

第一章　流浪者伍特　　　　　　　001

第二章　铁皮樵夫的心　　　　　　010

第三章　绕道而行　　　　　　　　016

第四章　傻瓜城里的卢恩人　　　　023

第五章　女巨人尤普夫人　　　　　034

第六章　尤库霍人的魔法　　　　　042

第七章　花边围裙　　　　　　　　051

第八章　森林遇险　　　　　　　　055

第九章　爱争吵的龙　　　　　　　064

第十章　快腿汤米　　　　　　　　070

第十一章　琴洁的大农场　　　　　077

目录
Contents

第十二章　奥兹玛和多萝茜　　　085

第十三章　变回原形　　　090

第十四章　绿　猴　　　099

第十五章　铁皮人　　　103

第十六章　费特上尉　　　110

第十七章　库·克里普的铁匠铺　　　115

第十八章　铁皮樵夫和自己的对话　　　120

第十九章　隐身乡　　　131

第二十章　过　夜　　　145

第二十一章　七彩姑娘的魔法　　　150

第二十二章　妮米·艾米　　　157

第二十三章　穿过隧道　　　163

第二十四章　剧　终　　　167

第一章

流浪者伍特

奥兹国温基领地耸立着一座闪闪发光的铁皮城堡，坐在富丽堂皇的大厅里的铁皮宝座上的，就是城堡的主人铁皮樵夫。和他的宝座形成鲜明对比的是旁边的一张用稻草编成的椅子，坐在上面的则是他最好的朋友——奥兹国的稻草人。他们第一次见面时就成了无话不谈的朋友，而他们聊得最多的就是从那之后彼此见过的所有奇闻轶事。有时说累了，他们就看着彼此，谁都不说话，因为这些事他们已经反反复复地说了无数遍，简直可以倒背如流了。更多时候，他们只是满足于待在一

起互相看着就够了，即使偶尔说上几句话，也只是为了证明自己是清醒的，而且在认真地听对方说话。事实上，这两个古怪而有趣的人从来没有睡过觉。他们从不感到疲倦，那么睡觉干什么呢？

夕阳西下，整个王宫，包括密密麻麻的铁皮塔楼和铁皮城堡的铁皮尖塔在内，都披上了一件金灿灿的外衣。就在此时，一条曲曲折折的小路上出现了一个人的身影，他就是流浪者伍特，在城堡的门口被一个守门人拦住了去路。

铁皮樵夫的守卫戴着铁皮头盔，穿着铁皮胸甲和银色的布制服，上面到处都是好看的小圆铁片，在金色的阳光下闪闪发光，简直和铁皮城堡一样好看，几乎和铁皮樵夫一模一样。

伍特好奇地看了看威武的守门人，接着又仔细地打量着雄伟的城堡，越看越觉得奇怪，眼珠子瞪得像铜铃一般。虽然他四处流浪，见过许多稀奇事，但作为一个年轻人，他的阅历并不多，而且看起来孩子气十足，在此之前，他从来没有见识过这么壮丽的景象。

"这里面住的是什么人？"伍特问守门人。

"奥兹国的国王铁皮樵夫。"守门人回答道。作为一个训练有素的人，就算是面对陌生人，守门人也总是礼貌有加。

"铁皮樵夫？太奇怪了！"瘦小的伍特惊呼道。

"或许我们的国王是有点奇怪，"守卫说，"但他非常仁慈，而且正直、守信，完全是上等铁皮的品质。所以，我们大家都愿意跟随他，也不觉得他很奇怪。"

"那我能见见他吗？"伍特想了片刻，认真地问道。

"如果你愿意在这里等一会儿，我可以去请示国王，看他愿不愿意见你。"说完，守门人就转身走进了国王和稻草人谈话的大厅里。他们俩听说有一个陌生人要来拜访，都觉得非常高兴，因为他们的生活实在是太无聊了，正想听听新鲜事解闷，于是让守门人赶紧把求见者带进来。

一路上，伍特先后穿过了宽敞的走廊、雄伟的铁皮拱道和漂亮的铁皮房间——里面摆放着各种各样的铁皮家具。他拼命地睁大眼睛，四处张望，瘦小的身子因为惊讶而不停地颤抖。等到了铁皮樵夫跟前，伍特深呼了一口气，努力让自己平静下来，恭敬地向铁皮樵夫鞠躬行礼："向伟大的国王致敬！我愿意为您效犬马之劳。"

"太棒了！"铁皮樵夫用一贯活泼的口吻说，"你是谁，来这里干什么？"

"我是一个流浪汉。"伍特回答道，"我来自奥兹国吉利金领地一个很远的地方，一直浪迹天涯，到过许多地方。"

"你一个人流浪，想必受了很多苦，对你们人类来说更加如此。"稻草人说，"你一个朋友都没有吗？你在家乡过得不开心吗？"

伍特看见是一个稻草人在和自己说话，越发感到惊奇了。他直勾勾地盯着眼前的稻草人，过了好一会儿才回过神来，回答道：

"尊敬的稻草人先生，我有很多朋友，但我们的想法不一样，他们向往的安逸、舒适的生活，却让我觉得无聊透顶。整天生活在那个闭塞的角落里，对我来说和坐牢没什么两样，简直生不如死，所以我想去别的地方看看，找一些有趣的东西，于是开始到处流浪。到现在为止，我已经流浪了将近一年，来你们这里纯属偶然。"

"依我看，"铁皮樵夫说，"这一年来你见到了那么多稀奇古怪的事，肯定长了很多见识吧？"

"没有。"伍特沉思着说，"尊敬的国王陛下，事实上，流浪的时间越长，我就越觉得自己知识匮乏。在伟大的奥兹国里，我每到一个地方，就发现自己要学的东西实在是太多了。"

"学习有什么难的？难道你不知道不懂就问吗？"稻草人问道。

"我当然明白这个道理，"伍特说，"但并不是所有人都愿意回答我的问题。"

"那只能说明他们太不友好了，"铁皮樵夫说，"我一直认为一个人如果不会提问题，那么就不可能得到正确的答案。所以，我给自己定了一个规矩：不管人们问我什么问题，我都一定会回答。"

"我也是一样。"稻草人赞同道。

"很高兴你们能有这样的认识。"伍特趁机说，"那我能向你们提一个小

小的请求吗？请给我一点吃的。"

"我的天哪！"铁皮樵夫嚷嚷道，"实在不好意思，我把最重要的事情给忘记了。请稍等，饭菜马上就好。"

话音刚落，铁皮樵夫就吹响了挂在脖子上的铁皮口哨，一个仆人立刻走了进来，恭敬地向国王行礼。他吩咐仆人给客人准备饭菜。只过了几分钟，仆人就端着一个铁皮盘子走了进来，盘子里面放着几个精致、干净的铁皮小碟，碟子里全都是好吃的，摆放得整整齐齐。仆人把盘子放在铁皮樵夫宝座旁边的铁皮桌子上，然后在桌前放了一把铁皮椅子，和气地请伍特用餐。

"请不要客气。"铁皮樵夫热情而真诚地说，"这些饭菜应该能合你的胃口。我是铁做的，所以我不吃任何食物，也不知道美味的食物是什么样的。我的朋友稻草人也不需要吃什么食物。但是我的臣民和你一样，必须填饱肚子才能活命，所以我的橱柜里塞满了各种各样的食物，是专门为到访的客人而准备的。"

伍特实在是太饿了，沉默着狼吞虎咽起来，等到吃得差不多时才又开始说话：

"陛下，你为什么是铁皮做的呢，而且看起来生机勃勃。"

"这件事嘛，"铁皮樵夫回答道，"不是三两句就能说清楚的。"

"没关系，越长的故事我越想听。"伍特说，"你能讲给我听吗？"

"如果你愿意听，我当然非常乐意。"铁皮樵夫一边兴奋地回答，一边往后挪了挪，这样才能舒舒服服地跷起二郎腿，"这儿的每个人都对我的故事一清二楚，所以我已经很久没有跟人讲起我的故事了。但你是从外地来的，对我的经历一无所知，肯定对我出众的外貌和惊人的活力很感兴趣，那我就满足一下你的好奇心吧。"

"非常感谢你的好意。"伍特一边吃一边说。

"一开始，我并不是用铁皮做的。"铁皮樵夫说，"我和我的臣民一样，也是血肉之躯。我住在奥兹国蒙奇金领地，以砍柴为生，每天的工作就是到森林里去砍柴，然后把柴弄回来，女人们用它生火做饭，孩子们则用它

取暖。我住在森林里的一间小屋子里，日子过得简单、舒适。有一天，我爱上了一个美丽的姑娘，她就住在离我不远的地方。"

"那位住在蒙奇金的姑娘叫什么名字？"伍特好奇地问。

"她叫妮米·艾米。她是我见过的最美丽的女孩，可以说，就是落日的余晖在她面前也不值一提。这样一个美丽的姑娘，却被一位穿高跟鞋的老巫婆霸占为奴，每天都要伺候她，打扫屋子、做饭、洗衣服，从早忙到晚，得不到一点休息。不仅如此，她还要去森林里砍柴。我和她就是在森林里遇见的，我对她一见钟情。为了让她不那么劳累，我每天都会为她准备很多柴，慢慢地，我们就成了无话不谈的朋友。接着，我向她求婚，她答应了，那个可恨的老巫婆听到后却非常生气，因为她不想失去这个听话的奴仆。老巫婆命令我立刻离开妮米·艾米，永远不许再见她，但被我拒绝了，我告诉她，我是自己的主人，想干什么就干什么，谁都管不了，却没有料到说这些话会有多么严重的后果。

"第二天，我像往常一样去森林里砍柴，却没想到那老巫婆在我的斧头上施了魔法。结果在我砍柴的时候，斧头突然掉下来，把我的右腿砍掉了。"

"天哪，实在太恐怖了。"流浪者伍特大声惊叫起来。

"看起来的确如此。"铁皮樵夫对此表示赞同，"只有一条腿，就意味着我再也不可能做樵夫了。但是，我怎么可能轻易地向老巫婆认输呢？好在我们那里有一个手艺高超的铁匠，他也是我的朋友，就住在森林附近。于是，我用一条腿蹦跳着来到了他的面前，请求他的帮助。最后，他巧妙地在我的身上安装了一条铁皮腿，几乎和我本来的腿一模一样。他还在关节处安了一些连接装置，让我活动如初，完全看不出有什么破绽。"

"你的朋友真是太了不起了。"伍特赞叹道。

"没错！"铁皮国王说，"他是我们那一带最有名的白铁工匠，想用白铁做什么东西都行。妮米·艾米看见我时高兴极了，搂着我的脖子，亲吻我，为我感到骄傲。我们的行为让老巫婆更加愤怒。第二天，当我去森林里砍柴的时候，老巫婆再一次在我的斧头上施了魔法，这一次，斧头砍掉了我的另一条腿。我找到铁匠，他用同样的方法为我装上了左腿。我回到妮米·艾米身边时，她高兴地答应在我们结婚后，会经常给我的那双亮闪闪的铁皮腿抹油，把它们擦得油光锃亮的。老巫婆更加生气了，又故技重施，当我用斧头砍树的时候，我的一条手臂被砍掉了。于是，我又有了一条铁皮手臂。尽管如此，我一点儿也不担心，因为妮米·艾米并没有嫌弃我，还是一如既往地爱着我。"

第二章

铁皮樵夫的心

　　说到这里，温基的国王突然停了下来，因为他的声音已经发出了难听的吱呀声，于是他在喉咙的连接处抹了一点油。伍特此时已经吃饱了，他的眼睛一眨不眨地盯着铁皮樵夫抹油，请铁皮樵夫继续往下说。

　　"老巫婆因为我的蔑视而对我恨之入骨，"铁皮樵夫接着说，抹了油之后，刺耳的吱呀声彻底消失了，"她气急败坏地说永远不让妮米·艾米和我结婚，于是又在斧头上施了魔法，砍掉了我的另一条手臂。和前几次一样，铁匠又帮我装上了另一条铁皮手臂，瞧瞧我的手，非常灵活，一点儿也不妨碍我砍树。这下，老巫婆气疯了，继续在我的斧

头上施魔法，结果我的身体被劈成了两半，重重地摔到了地上。这时，老巫婆猛地从附近的树丛里蹿了出来，恶狠狠地用斧头把我大卸八块。她觉得这样就能彻底消灭我，于是狂笑着离开了。

"就在连我自己都认为自己彻底完蛋时，妮米·艾米找到了我，她把我支离破碎的身体捡起来，包在一起，送到了铁匠那里。铁匠一分钟都不敢耽误，马上把我的身体用铁皮包在一起。在他的巧手之下，我的身体被完美地包裹在铁皮里，这使得我成为一个拥有钢铁之躯的人，不再感到疼痛，而且比以前更加强壮、更加好看，甚至再也不用穿衣服了。穿衣服实在是太麻烦了，不是弄脏了，就是撕破了，就不得不换掉，我的铁皮身体则可以免掉这个麻烦，只要上油和擦亮就可以了。

"虽然我已经变成了现在的模样，妮米·艾米依然爱着我，愿意嫁给我，还保证让我成为全世界最光彩夺目的丈夫，这一点我深信不疑。但是，老巫婆还是不肯放过我。她再一次在我的斧头上施了魔法，砍掉了我身体上唯一不是铁的部位，也就是我的头。更可恨的是，老巫婆把我的脑袋拿走了，并且藏了起来。当妮米·艾米在森林里发现我时，我就像一只无头苍蝇一样到处乱撞，因为我看不见方向。她把我带到了铁匠那里，铁匠很快就为我做了一个铁皮脑袋。虽然妮米·艾米后来从老巫婆那里把我被藏起的脑袋又偷了回来，但我认真地想了想，决定还是用铁皮脑袋。瞧瞧，我的脑袋多好看啊！妮米·艾米也支持我的选择，不管怎么说，一个用不同材料做成的身体，都远远比不上一个用铁皮做成的身体。和我一样，铁匠对自己的手艺非常自豪，整整羡慕了我三天，赞赏我漂亮的外表。

"现在，我成了一个真正的铁皮人，老巫婆再也不能把我怎么样了。妮米·艾米说，她想马上和我结婚，这样的话她就能和我生活在一起了，每天把我擦得亮闪闪的。

"'亲爱的尼克，'这个美丽而善良的姑娘说，——哦，对了，尼克·乔伯是我以前的名字——'我敢肯定，你一定是全天下最好的丈夫。因为你不吃饭，所以我不用为你做饭，而且你永远不会感到疲劳，所以我也不用为你整理床铺。我们去参加舞会的时候，你永远不会说累，要提前回家。

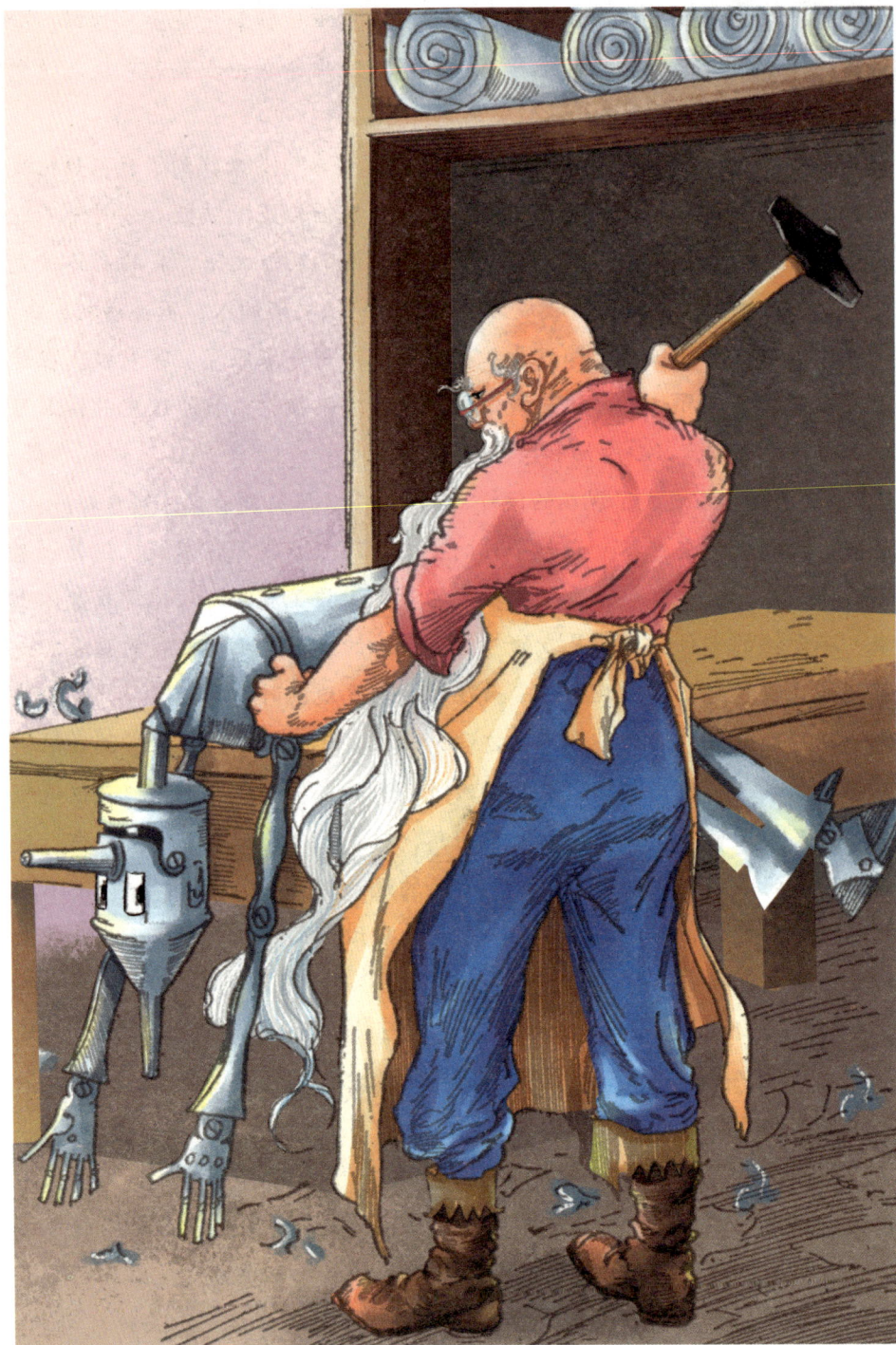

你在森林里砍柴的时候，我可以想干什么就干什么，你说，全世界有几个妻子能得到这样的待遇呢？你的铁皮脑袋里没有脾气，所以无论我做了什么错事，你都不会生气。最重要的是，我是这个世界上唯一拥有铁皮丈夫的妻子，这才是我觉得最自豪的地方。'听了这些话，你一定已经认识到了妮米·艾米是一个既勇敢又聪明的姑娘了吧？"

"没错。"伍特表示赞同，"但我有一事不明，那就是你被巫婆砍成了几块，为什么没有死呢？"

"在我们奥兹国，"铁皮皇帝回答道，"谁都不会被杀死。即使有的人只有一条腿，或者腿是木头的、铁皮的，都和健全人没有什么区别。我是被老巫婆一步一步地砍掉身体的各部位，最后才变成铁皮人的，所以现在的我和以前的我除了身体不一样外，其他的都是一样的。"

"原来是这么回事。"伍特恍然大悟，"那么，你后来和妮米·艾米结婚了吗？"

"没有。"铁皮樵夫说，"虽然妮米·艾米说她对我的爱没变，但我发现我已经对她没有感觉了。因为我的铁皮躯壳里没有了心，我成了一个没有心的人。无心的人是无法爱上别人的，不得不承认，我最后还是被可恶的老巫婆打败了。后来，我离开了蒙奇金领地，而妮米·艾米仍然是老巫婆的奴隶，整天忙个不停。"

"你要去干什么？"

"我要去找一颗心，因为只有有了心，我才能重新和妮米·艾米相爱。但是我发现，要找到一颗心，实在是太难了。有一次，在一片陌生的森林里，我忘记给我的关节上油了，所以这些关节都生锈了，让我动弹不得。我只能站在那里，过了很多天，稻草人和多萝茜正好路过时才救了我。从那以后，我变得更加小心了，生怕我的关节生锈。"

"多萝茜是谁？"伍特问道。

"一个小姑娘。她的房子被龙卷风从堪萨斯州刮到了奥兹国的蒙奇金领地，正好压在那个老巫婆的身上，把她压成了肉饼，也算是恶有恶报。现在，那个老巫婆应该还在那座大房子下面。"

"不对。"稻草人纠正道,"多萝茜说过,老巫婆已经化成尘土,被风吹散了。"

"哦。"铁皮樵夫接着说,"后来,我和他们一起来到了翡翠城。在那里,奥兹魔法师给了我一颗心。但是,他的魔法库里的心太少了,所以我得到的是一颗仁慈之心,而不是爱心,所以我还是无法爱上妮米·艾米。"

"难道魔法师不能给你一颗既仁慈又充满爱意的心吗?"伍特问道。

"不能。当时,我也想要一颗这样的心,但他的魔法库里只有这唯一的一颗心了。我没有选择,如果不要这颗心,就会没有心。没有办法,我只有选择这颗仁慈之心,成了一个非常仁慈的人。"

"但我不这么认为。"伍特小心地斟酌着自己要说的话,"我觉得这个魔法师似乎在愚弄你。你要明白,你所拥有的那颗心,其实一点也不仁慈。"

"这是什么意思?"铁皮国王疑惑地问道。

"抛弃那个爱你的姑娘,就说明你并不善良。当你遭遇了种种不幸的时候,那个姑娘没有离你而去,而是一如既往地爱着你,帮助你。如果你真的很善良,就应该马上回去娶她为妻,让她做你的王后,和你一起住在这

美丽的王宫里。"

铁皮樵夫被这番话惊得目瞪口呆，好一会儿才回过神来，盯着流浪者伍特发愣。稻草人却并不打算沉默，他摇晃着塞满稻草的脑袋肯定地说：

"我觉得他说得很对。我也一直想弄清楚，你为什么不回去找那个可怜的姑娘。"

铁皮樵夫盯着他的朋友，过了很久才严肃地说：

"说实在的，我以前从没想到这一点，但是现在也不晚，因为她一定还住在蒙奇金。多亏了这位流浪者的提醒，我想马上就把妮米·艾米找回来。虽然我不再爱她，但这并不怪她，就算我不能给她幸福的生活，我也应该这么做，以此来报答她对我的忠贞。"

"没错，你应该这样做，我的朋友！"稻草人说。

"你愿意和我一起去吗？"铁皮国王问道。

"当然愿意。"稻草人回答道。

"我能和你们一起去吗？"伍特恳求道。

"当然可以，"铁皮樵夫说，"只要你愿意，你可以成为我们中的一员。你是第一个提醒我这么做的人，我也想让大家明白，只要有人当面指出我应该承担的责任，尼克·乔伯，温基的铁皮国王，绝不会逃避。"

"如果她真的非常美丽，那么找到她不仅是责任，而且非常有趣。"一想到这里，伍特忍不住乐开了花。

"即使不能爱美丽的东西，也可以去敬慕。"铁皮樵夫说，"就像我们欣赏美丽的花朵，却不用娶它们。但是责任就不一样了，责任是必须执行的命令，即使不愿意，也必须执行。现在，就是我执行命令的时候了。"

"我们什么时候出发？"稻草人问，每一次出发他都显得特别兴奋，"命令的召唤在哪里？我们什么时候出发？"

"准备好了就立刻出发。"铁皮樵夫说，"我马上把我的随从叫来，让他们为我们做好出发前的一切准备。"

第三章

绕道而行

　　那天晚上，伍特睡在铁皮城堡的铁皮床上，觉得舒服极了。第二天早上，他起床后去花园里溜达，看见一切都是铁做的，有铁皮喷泉、长着铁皮花草的花坛，还有铁皮小鸟站在树枝上，欢快地歌唱着，美妙的歌声几乎和铁皮口哨吹出的调子一模一样。这一切都是城堡里的巧手铁匠打造的。

他们每天早晨都会给小鸟上足发条，然后它们就可以自由地飞翔、引吭高歌了。

　　吃完早餐后，伍特走进国王的会客厅，只见一个侍从正在给铁皮樵夫的关节上油，另外一些侍从则在往稻草人的身体里填充新鲜的稻草。

　　伍特在一旁饶有兴致地看

着，这才发现稻草人其实只是一件被塞满稻草的衣服。上衣的扣子系得很紧，这样稻草就不会掉出来了。同时，为了保持人形，避免稻草倒下来，他的腰间还系着一根腰带。他的脑袋是一个装满麸皮的黄麻袋，上面用笔画着嘴巴、眼睛、眉毛和耳朵。他的手是白纱手套，被细软的稻草塞得鼓

鼓囊囊的。伍特还发现，稻草人并没有因此而变得敏捷，而是像鸭子一样摇摇晃晃的，所以他不敢确定，稻草人是否经得起长途旅行。

　　旅行的准备工作并不难，要带的东西也不多。一个装满食物的袋子由伍特背着，因为三人中只有他需要吃东西。铁皮樵夫只带了一把锋利的斧头，稻草人则把铁皮樵夫的油桶塞进了口袋，这样就可以在旅途中为他的朋友上油了。

　　"如果你不在，你的王国由谁来管理呢？"伍特关心地问。

　　"不用担心，这里的人会管理好自己的。"铁皮国王回答道，"温基的人民压根就不需要什么国王，因为奥兹国的女王奥兹玛随时都在关注所有臣民的一举一动，包括温基在内，保证他们能过上幸福、安宁的生活。虽然我的头衔与其他国王、君主一样看起来不得了，但其实我根本没多少事要做，所以我有的是时间做自己想做的事。安分守己是奥兹国的人民唯一需要遵守的一条法律。这并不是什么难事，你也看到了，这里的人都很规矩。好了，我们赶紧出发吧，那个可怜的蒙奇金姑娘肯定正在焦急地等着我去救她。"

　　"我觉得不用着急，反正她已经等了很久。"离开城堡，朝西边走去的时候，稻草人说。

　　"话虽这样说，"铁皮樵夫说，"但是我觉得，等待的最后时刻才是最难

熬的。所以，我们要加快步伐，尽早把那个可怜的姑娘救出来。"

"看来，你的确拥有一颗仁慈的心。"稻草人赞许道。

"他没有爱心，这才是最糟糕的。"伍特说，"这位仁慈的国王之所以娶那个姑娘，不是因为爱她，仅仅是因为仁慈，我总觉得挺别扭的。"

"不管怎么样，这对那个姑娘来说并不是什么坏事。"稻草人肯定地说，他比其他的稻草人都聪明得多，"因为一个有爱情的姑娘不一定是仁慈的，但一个仁慈的丈夫肯定是任何姑娘都希望得到的。"

"我一定要让妮米·艾米成为我的王后！"铁皮樵夫得意地宣称，"我要让铁匠为她做一件漂亮的铁皮礼服，还有铁皮拖鞋、铁皮耳环和手镯，最后还要给她戴上铁皮王冠。我想，有了这身打扮，妮米·艾米一定会非常高兴的。毕竟，女人都喜欢华丽的服饰。"

"我们是直接穿过翡翠城去蒙奇金吗？"稻草人问，他把铁皮樵夫当成了他们的总指挥。

"不走这条路。"铁皮樵夫回答道，"我们这次的旅行和以往不太一样，因为我们要找一个姑娘，她害怕被自己的爱人遗忘了。你要知道，我要向她坦承我是因为责任才来娶她的，这对我来说是一件非常困难的事，所以我不希望有很多人看到我跟她会面。当然，当我找到她时，如果她已经变得非常平静的话，我会把她带去翡翠城，把她介绍给奥兹玛和多萝茜，以及贝翠·鲍宾，还有小狗托托等其他朋友。不过，我知道妮米·艾米的脾气，她生气时说起话来非常尖刻，不留一点情面。我这么久才去找她，她可能会生我的气。"

"你的担心是有道理的。"伍特严肃地说，"但如果不走这条路，我们什么时候才能到你以前的家呢？"

"这个不用担心。"铁皮樵夫安慰道。

"我这里有一张奥兹国地图。"伍特执拗地说，"看看地图，我们温基领地在奥兹国的西面，而蒙奇金领地在奥兹国的东面，翡翠城就在中间。"

"说得没错，但我们可以先借道北边的吉利金领地，这样不就可以绕过翡翠城了吗？"铁皮樵夫解释道。

"这条路可能很危险。"伍特说，"这地方我比较熟悉，我以前就住在吉利金北边的一个小地方，就在乌盖布附近。我听说那里的人都不怎么好打交道，所以我流浪的时候，尽量离他们越远越好。"

"一个流浪汉有什么可怕的？"稻草人说，他摇摇晃晃地走着，动作滑稽可笑，但始终和同伴们保持步伐一致。

"害怕并不意味着这个人很胆小，"伍特的脸有些红，但他尽量把话说得雄壮一些，"我觉得，避开危险比克服危险简单得多，而最安全的办法就是最好的办法，对一个勇敢的人来说同样如此。"

"不用担心，我们不会到那么远的地方。"铁皮樵夫说，"我只是想绕开翡翠城。我们一绕过翡翠城，就立刻向南走，去蒙奇金领地。我和稻草人对那里了如指掌，而且有很多朋友。"

"我也去过吉利金领地，"稻草人说，"也遇到过很多稀奇古怪的人，但是没人把我怎么样。"

"好吧，反正对我来说，走哪条路都无所谓，"伍特故作轻松地说，"有时遇到一些危险，会让乏味的旅途变得非常有趣。反正不管你们去哪儿，我都跟着。"

于是，他们掉转方向，开始往东北走。一整天，他们都走在王国境内，所有的人都恭敬地向国王行礼，祝他们一路平安。晚上，他们在一户好心的人家里借宿，受到了非常热情的招待，伍特还有幸在舒适的大床上睡了一晚。

"如果只有我和稻草人，"铁皮樵夫说，"我们就可以日夜不停地赶路了。但现在有一个人和我们在一起，一到晚上，我们就得停下来休息。"

"没错，普通人走一天肯定很累，"稻草人点点头说，"但是我和你永远不会感到累。所以，我们比普通人厉害多了。"

伍特懒得和他们去争论，因为他确实很累。直到第二天一大早，他才醒过来，心满意足地享用了一顿美味的早餐。

"你们不吃东西，错过了太多美好的东西。"伍特说。

"没错。"稻草人说，"但别忘了，在没有食物可吃的时候，我们也会'错过'饥肠辘辘的感觉。"

说完，他看了看铁皮樵夫，铁皮樵夫赞同地点点头。

第二天，他们又不停地走了一整天。为了让枯燥乏味的旅途变得有趣，他们三个轮流聊起了自己遇到的趣事，或者听稻草人背诵诗歌。稻草人向环状甲虫教授学了很多诗歌，时不时就会拿出来卖弄一番——如果有人愿意听的话。铁皮樵夫和伍特当然很乐意，因为他们实在很无聊，没什么事可做——从稻草人的身边跑开可不是什么有礼貌的行为。

稻草人大声地背诵了一首诗：

> 有什么声音能如此动听，
> 像小麦稻草，
> 低头时的轻吟那般轻柔？
> 稻草金灿灿，
> 不管我走到哪里，这轻吟声，
> 总让我忘掉忧愁。

清香、新鲜、金黄的稻草！
完美无瑕，
填塞得那么干净、结实，
在我脚下吱呀作响，
在我口中震颤有声，
它的芬芳让我忘却了所有的烦恼。

砍我也无所谓，
因为我无血可流，
也不会感到任何痛楚；
我使用的稻草，
即使敲打一百次、一千次，
也总是完好无损！

我知道，总有些流言蜚语，
说我的脑子里，
都是麸皮和稻草，
但我的想法如此高明，
纵有可能，我也不愿，
换成血肉之躯的脑子。

我满足于自己的命运，
我庆幸于自己的与众不同；
如果我的身体发了霉，
乱成一团或者化作尘埃，
立马换上新的稻草就行了。

第四章

傻瓜城里的巨恩人

　　三个人又走了一天，夜幕降临，他们已经分不清方向了，只有路边深浅不一的紫色树木和花草提醒他们已经来到了吉利金领地，这里的一些地方住着各种各样的怪人，奥兹国其他地方的居民对他们了解不多。这里地域辽阔，却十分荒凉，一户人家都没有。为了找一个适合流浪者伍特休息的地方，他们三个在太阳落山后还在继续赶路。不久，天完全黑了下来，伍特已经累得筋疲力尽了，他们决定在一块地的中间休息一会儿。伍特吃了一些干粮，然后，稻草人躺了下来，心甘情愿地充当

伍特的枕头，让他能好好地睡一觉。为了防止地上的潮气锈蚀铁皮腿的关节，铁皮樵夫在他们身边站了整整一夜。同时，他不断地用布擦干落在身上的露珠，所以当第二天太阳升起来的时候，他的身体依然闪闪发光。

天一亮，他们就把伍特叫醒了。稻草人说：

"快起来，我们发现了一件奇怪的事，要商量下一步该怎么办。"

"什么？"为了证明自己已经完全清醒了，伍特一边使劲地揉揉眼睛，一边懒洋洋地打了三个哈欠。

"一块告示牌，"铁皮樵夫说，"还有一条路。"

"那上面写了什么？"伍特问。

"上面写着：生人切勿取此道前往傻瓜城。"稻草人回答道。他的眼睛是刚画上去的，所以看得一清二楚。

"没什么大不了的，我们可以走别的路。"伍特一边满不在乎地说，一边从背包里掏出了一些吃的。

另外两个人却不这么认为，他们看起来有些不高兴。

"我一定要去这个傻瓜城看看。"铁皮樵夫说。

"错过旅途中的任何有趣的事情都是不可原谅的。"稻草人赞同道。

"当心'好奇害死猫'。"伍特反驳道,"明明知道有危险,我们为什么还要冒险呢?作为一个聪明人,我觉得目前最正确的做法就是离危险越远越好,绕道而行。"

铁皮樵夫和稻草人都没有说话。过了一会儿,稻草人终于开口说话了:

"我这辈子遭遇了太多的危险,不管未来会发生什么,我都觉得没什么可怕的。"

"我也是这个意思。"铁皮樵夫挥舞着手里的斧头说,"再说,我有这个,还怕什么危险?有谁能伤害我呢?但我们这位朋友就不同了,"他打量着伍特说,"他只是一个普通人,如果真的遇到危险,没准就会受伤。所以我觉得,为了安全起见,他最好还是留在这里等我们,我和稻草人则一起去傻瓜城看看到底是怎么回事。"

"没这个必要。"伍特平静地说,"不管你们去哪里,我都会陪在你们身边,和你们并肩作战。一年的流浪生涯让我明白了一个道理,那就是避开危险比冒险要明智,但现在的情况和那时不太一样。那时我是孤零零的一个人,而现在我多了两个有本事的朋友,还有什么可担心的呢?"

于是,伍特吃完早饭后,他们三个就开始朝傻瓜城走去。

"我以前从没听说过这个奇怪的地方,"稻草人说,这时出现在他们眼前的是一片茂密的树林,"没有人知道住在这里的到底是什么,也许是人,也许是动物,但是不管怎么样,我们又多了一个有趣的故事,回去的时候就可以讲给奥兹玛和多萝茜听了,也让她们长长见识。"

路弯弯绕绕地延伸到了树林的深处,大树一棵挨着一棵,密密麻麻的藤蔓和树丛盘根错节,几乎没有路,寸步难行,每走一步,他们就必须先清理出一条通道。铁皮樵夫拿着斧头走在前面,有时还必须用斧头把一些树枝砍断。伍特紧跟在他后面,最后面的则是稻草人。对稻草人来说,如果没有铁皮樵夫在前面开路,想顺利地通过这里简直比登天还难。

铁皮樵夫好不容易才从一片浓密的树丛中穿了过去,跟跟跄跄地走进了一大片空地里。这片圆形的空地不仅大,而且非常宽敞,树木高大而粗壮，树梢向周围伸展开来，形成了一个别具特色的屋顶，就在空地的正上方。让他们感到奇怪的是，这样一个天然的房间里一点儿也不暗，似乎在某个地方有光源，能持续地照亮这个地方。

更令人吃惊的是，这个天然房间里有许多稀奇古怪的人。铁皮樵夫目瞪口呆地看着他们，一动不动地站在那儿，伍特只好把他的铁皮身体推到旁边，这样才能看清楚到底是怎么回事。稻草人也走上前去，把伍特推到了一边，和他们两个站成一排，仔细地打量着眼前的这些怪人。

这些怪人都长得和皮球一样圆圆的，全身几乎所有的部位都是圆的，身体、腿、胳膊、手、脚和脑袋全都是。唯一不是圆的地方就是在头顶上的一块浅显的凹陷，和一个茶托差不多。他们圆圆的身体上一件衣服都没有，也没有头发。他们的皮肤是浅灰色的，眼睛是两个小红点，鼻子则和身体的其他部位一样圆咕隆咚的。

"你觉得他们像橡皮人吗？"稻草人问，他发现这些人走动时一蹦一跳的，像空气一样轻飘飘的。

"这个不好说，"伍特回答道，"他们的身体上好像长了一层肉瘤。"

他们称这些怪物为卢恩人。卢恩人正在不停地忙碌着，有的在玩耍，有的在干活，有的则凑在一起聊天，一听到陌生人的说话声，立刻就朝他们冲了过来。

铁皮樵夫对此感到非常意外，没等他举起斧头，那些卢恩人已经扑了过来。这些人疯狂地挥舞着胖乎乎的手，像戴着拳击手套一样拼命地捶击三个来历不明的人。这些怪物个子小，拳头打在身上也一点儿事都没有，但铁皮樵夫和同伴们被突然袭击搞糊涂了，没有任何防备，三两下就被打倒了。卢恩人一窝蜂地涌了上来，死死地按住他们，其他人则用长长的葡萄藤卷须把他们捆得紧紧的，不让他们动弹。

"哈哈！"一个个子最大的卢恩人大喊道，"我们已经把他们捉住了，现在把他们押到鲍尔国王面前，等到审讯完毕，就可以在他们身上戳几个大窟窿了。"

卢恩人拖着这三个人往圆顶空地的中央走去。和卢恩人相比，他们实在是太重了，很难拖得动。就算是稻草人，也比看起来胖嘟嘟的卢恩人重多了。卢恩人好不容易才把他们拖到一个凸起的平台前面，平台上有一个宝座，就是一把又大又宽的椅子，其中一个扶手上系着一根绳子，绳子的另一端和屋顶连在一起。

宝座是空的，卢恩人让三个俘虏面对着宝座坐下。

"干得不错！"那个大个子卢恩人说，他是他们的首领，"现在，就让我们的鲍尔国王来对他们进行审判，让我们大家都看看这些怪物到底是什么。"

他一边说着，一边用力地往下拽宝座上的绳子，马上又有一两个卢恩人过来帮忙。不一会儿，他们头顶上的树叶分开了，一个卢恩人出现在绳子的另一端。很快，他就被拉到了宝座上，飞快地把自己绑在座椅上，避免往上缩回去。

"喂！"国王朝自己的臣民眨了眨眼睛说，"发生了什么事？"

"陛下，我们抓住了三个闯进来的怪物。"那个大个子卢恩人傲慢地回答道。

"天哪！我已经看见他们了。"国王惊叫道，打量三个俘虏时，他红色的眼睛显得格外突出，"这是什么怪物？亲爱的潘塔，你觉得这三个家伙是危险分子吗？"

"我觉得是，陛下。虽然他们也可能没什么危险，但我们还是小心一点为妙。我们卢恩人的遭遇已经够悲惨的了，我希望能尽快审判他们，然后把他们戳得乱七八糟，越快越好。"

"用得着你告诉我如何处置这些人吗？"国王生气地说，"你要搞清楚，这里的国王到底是谁。"

"我们让你当国王，不是别的，是因为你比我们所有的人都笨。"潘塔愤怒地说，"我要是想当国王，现在就可以当，但是我懒得负这个责，也不想操这个心。"

说话的时候，大个子潘塔在国王的宝座和俘虏们之间的空地上得意地走来走去。另外几个卢恩人受了他的蛊惑，也跟在他的屁股后面。这时，一声轰鸣的爆炸声突然响起，刚才还神气活现的潘塔瞬间消失得无影无踪。

铁皮樵夫、伍特和稻草人惊讶地发现，刚才潘塔站着的地方，只剩下一小堆皱巴巴的皮囊，就像一个没有气的皮球。

"瞧！"国王激动地喊道，"我早就知道会有这样的事发生。这个自以为是的家伙总是为自己充那么多气，现在知道后果了吧？来几个人，把气泵拿来，帮他把气充好。"

"充气之前，应该先把洞补好吧，陛下。"一个卢恩人小心地提议道。俘虏们发现，他们对潘塔的不幸遭遇似乎早已见怪不怪。

"好吧。"国王嘟囔道，"去把蒂尔叫来，先把他缝好。"

马上就有一两个卢恩人跑去叫人了，不一会儿，一个卢恩女人来了。她穿着一件大而鼓的裙子，头顶上的一个肉瘤上还系着一条紫色的羽毛，腰间则系着一根用葡萄藤做的腰带，既干燥又结实，就像一根绳子。

"快把潘塔补好，"国王说，"他刚才爆炸了。"

蒂尔马上走过去，拿起潘塔的身体仔细检查起来，很快就在他的一只脚上发现了一个洞。然后，她从腰带上抽下一根线，把破洞的边缘拉到一起，用线扎紧，形成了一个肉瘤——很多卢恩人身上都有这样的肉瘤。做完后，她就把布袋丢给了另外几个卢恩人。刚要离开的时候，她突然发现了几个俘虏，于是饶有兴致地站在那里，不停地打量着他们。

"天哪！"蒂尔说，"这些可怕的生物！他们是从哪儿来的？"

"我们刚刚才抓到，还没来得及审问。"一个卢恩人回答道。

"那我们怎么处置他们呢？"蒂尔问。

"我们可能会判他们的罪，然后把他们戳破。"国王回答道。

"这样呀。"蒂尔说，仍然死死地盯着俘虏们，"但是你们不一定能戳破他们。要不，先试试吧。"

一个卢恩人马上往树林边缘跑去，很快就拿回了一根又长又尖的荆棘树枝。他看了看国王，看见国王点头后就冲到稻草人跟前，使劲地将荆棘扎进了稻草人的腿里。但没想到的是，稻草人只是满不在乎地笑了笑，因为这根本不会对他造成任何伤害。

接着，卢恩人又去戳铁皮樵夫的腿。这下更惨，荆棘都变钝了。

"和我想的一样。"蒂尔一边眨了眨紫红色的眼睛，一边摇晃着圆滚滚的脑袋。这时，那个卢恩人猛地用荆棘戳伍特的腿，虽然荆棘已经钝了，但扎人还是挺疼的。

"哎呀！"伍特疼得一边大叫，一边用腿使劲地往外一踢，把绑着自己的绳子给弄断了。那个拿着荆棘的卢恩人弯腰看着伍特，正好被伍特踢了个正着，飞到了半空中。紧接着，一声爆炸声响起，只见那个卢恩人也变成了布袋，掉到了地上。

"现在，我开始相信潘塔的话了。"国王转动着圆点一样的小眼睛说，"潘塔说这几个人很危险，的确如此。气泵准备好了吗？"

几个卢恩人立刻把一架大的机器推到了国王的宝座前面，然后开始给潘塔充气。不一会儿，潘塔就鼓了起来，国王大声喊道："可以了。"

"不行，坚决不行！"潘塔说，"继续充气，直到我喊停为止。"

"这样就可以了，以后都这样。"国王说，"你在爆炸前是我们中最大的，所以才变得目中无人。现在，你比其他人稍微小一些，这样就不会轻易爆炸了，也会更谦虚一些。"

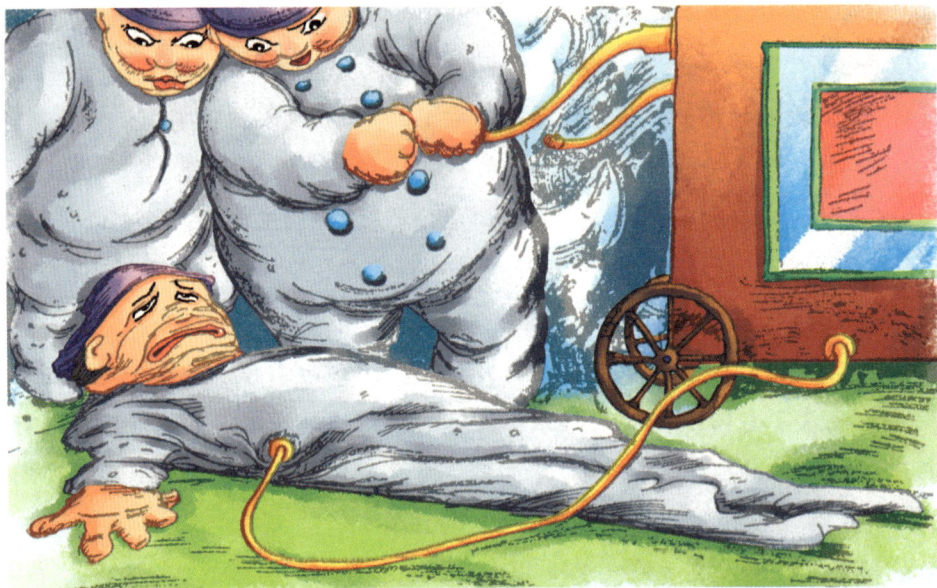

"给我打气，赶紧的！"潘塔哀求道，"如果你们停下来，我会伤心的。"

"如果继续打下去，你的肚皮会胀破的。"国王说。

于是，那几个卢恩人不再给潘塔充气，并把他推到了一边。潘塔的身体比以前小了很多，果然比以前温顺多了，躲到其他人身后老老实实地看着，一句话都不说。

"还有一个需要充气。"国王命令道。蒂尔已经把那个卢恩人的身体缝好了，几个卢恩人把他搬到气泵前，开始打气。

这时，卢恩人开始忙碌起来，丝毫没有注意到伍特可以自由活动。伍特见没人注意到自己，就偷偷地挪到铁皮樵夫跟前，用锋利的斧头磨断了捆着自己的藤条，终于彻底自由了。

伍特看见刚才戳自己的那根荆棘就在旁边，知道这是个好武器，于是把它捡了起来，然后就向那些正全神贯注地充气的卢恩人发起了攻击。

突然，爆炸声响了，离伍特最近的三个卢恩人的身体爆炸了。其他的卢恩人听到响声，都惊恐地东张西望，这才明白了自己的处境。他们吓得大声尖叫，四处逃窜，伍特则在他们屁股后面紧追不舍。如果不是因为他们经常被自己绊倒，或者拦住了彼此的去路，他们本来可以跑得比伍特快得多。但是最后，伍特还是抓到了几个，用荆棘把他们戳了个窟窿。

看见卢恩人如此不堪一击，伍特自己也觉得非常奇怪。一旦被荆棘刺破，他们就彻底没用了。蒂尔逃跑时不小心撞到了荆棘上，立刻就爆炸了，瘫倒在地上。这些人没办法逃出去，无路可走之下只能使劲地往上蹦，抓住树枝，爬到那根像魔鬼一样的荆棘碰不到的地方。

伍特不停地追着他们，实在是太累了，就停了下来，上气不接下气地来到朋友们的身边——他们到现在还被捆着呢！

"你太厉害了，流浪者。"铁皮樵夫兴奋地喊道，"这些充气人再也伤害不了我们了。现在，先把我们解开，然后赶紧上路。"

伍特先把稻草人的绳子解开，扶着他站了起来，然后又解开了铁皮樵夫的绳子，他自己就站了起来。他们看了看周围，发现还有一个卢恩人在他们可以攻击的范围之内，那就是他们的鲍尔国王。他把自己绑在宝座上，目睹自己的臣民的惨状，紫红色的眼睛里满是疑惑。

"需要我去把那个国王戳破吗？"伍特问道。

那个国王肯定听到了这句话，因为他摸到那根绑着他的绳子，并且顺利地解开了它。很快，他开始往上飘，飘到了树叶的圆顶，在树枝的分开处消失不见了。然而，他忘记了绳子的另一端还系在宝座的一个扶手上。他们非常清楚，只要抓住绳子的一端，就能轻而易举地把他拉下来。

"我看还是算了吧。"稻草人说，"比起那些不靠谱的臣民来说，这国王还不赖。待会儿我们走了，这些卢恩人就要忙活一阵儿了，不仅要把被戳破的人缝补好，还要给他们充气。"

"我可不想饶过他们。"伍特说，一想到自己腿上的伤，他就气不打一处来。

"算了。"铁皮樵夫说，"如果那样的话，就太过分了。这里是他们的家，他们也没有办法离开，毕竟是我们有错在先，闯入了他们的家园，所以他

们抓我们是理所应当的。除了对我们这些因为好奇而来到这里的人之外，他们其实并没有害人之心。"

"你说得没错。"稻草人说，"我们确实不应该打扰他们的生活，我们还是赶紧走吧。"

他们毫不费力就找到了来时的路。铁皮樵夫用斧头把荆棘推到一边，在前面领路，稻草人跟在后面，最后面的是伍特。他回过头，只见那些卢恩人仍然惊恐地抱着树枝，看着他们离去。

"我想，他们一定非常乐意看着我们离开这儿。"伍特笑着说。对于这次离奇的冒险能这样轻松地结束，他也觉得非常高兴。于是，他跟着自己的朋友，沿着小路朝前走去。

第五章

女巨人尤晋夫人

几个人走到了小路的尽头，也就是告示牌立着的地方，然后开始往东边走。这时，已经没有像样的路了，他们基本上都是在田野间穿行。不一会儿，他们就来到了丘陵地带，准确地说，这里是一片连绵起伏的群山和山谷，所以他们必须不停地上坡、下坡。这样的旅途当然很无趣，因为他们每爬上一座山，就会发现下面的山谷里格外荒凉，除了杂草之外就只有石头。

在接下来的好几个小时里，他们唯一能看见的只有单调乏味的景色，直到他们登上一座明显比其他山都高的山。出现在他们面前的是一个杯形的山谷，山谷中央则是一座巨大的紫红色城堡，是用石头砌成的。城堡虽然很大，却没有角楼，也没看见有城堡常见的塔楼，而且每一面墙上都有一扇小窗和一扇大门。

"这倒很稀奇。"稻草人若有所思地说，"我在这里住了这么久，竟然不知道吉利金还有这样一座城堡。这是什么人的城堡呢？"

"从这里看过去，这应该是我见过最大的城堡，"铁皮樵夫说，"不管怎么说，都没有必要修这么大的城堡。如果不用梯子，根本不可能爬上去开门或者关门。"

"如果继续往前走，说不定我们就能弄清楚里面到底有没有人，"伍特提议道，"我觉得里面一个人都没有。"

三个人继续往前走，很快就来到了城堡所在地。这时，天越来越黑了，他们站在那儿，不知道该如何是好。

"要是这里的人没有什么恶意，"伍特说，"我非常乐意在这里住一晚。但是如果这里的人很凶，我宁愿在野地里睡一觉。"

"要是里面没人，"稻草人说，"那就属于我们了，我们可以住在里面，把它当成我们自己的家。"

稻草人说着话，走到了城门跟前。城门大得超乎他的想象，不管是高度还是宽度，都至少比他见过的屋门大三倍。他抬头向上面看去，在城门上的一块大石头上发现了几个大字：

尤普城堡

"啊！"稻草人叫道，"我知道这是哪里了。这里可能就是尤普先生的家。他是一个巨人，只不过现在被关在离这里很远的一个山洞里。所以，这个城堡里应该没有人，我们想怎么样就可以怎么样。"

"没错，"铁皮樵夫说，"我也认识这位先生。可是，我们怎样才能进去呢？这城门的闩这么高，我们根本够不着啊。"

几个人沉默了，都在绞尽脑汁地想办法。不一会儿，伍特对铁皮樵夫说：

"让我站在你的肩膀上，应该能够得着门闩。"

"那还等什么？上来吧。"铁皮樵夫催促道。伍特站在他的肩上，正好能打开城门。

随着几声沉重的铁链声，城门似乎有些不情愿地开了。伍特从铁皮樵夫的肩膀上跳了下来，和伙伴们一起往里走。他们刚走进一个空旷的大厅，就听见城门在身后关上的声音。几个人都大吃一惊，因为谁都没有去关门。门好像被施了魔法一样，是自动关上的。更可怕的是，门闩还在外面，也就是说，他们被困在城堡里了。

"无论如何，"稻草人小声说，"我们都不用为自己办不成的事负责。但现在后悔也没用了，那就走一步算一步吧。"

城门关上以后，里面显得更加昏暗了。三个人挨在一起，慢慢地沿着石头通道朝城堡里面走去，谁都不知道迎接他们的将是什么。

突然，一束柔和的光照在了他们的身上，而且越来越亮，很快就能看清周围的一切了。他们在路的尽头发现了一扇巨大的门，刚到跟前，门就自动开了。从门口朝里面张望，只见里面有一个很大的房间，用金子做成的盘子整整齐齐地挂在房子的墙上。

虽然房间里没有点灯，却非常敞亮，房间的正中间放着一张巨大的桌子。桌子旁坐着一个女巨人，她穿着一件银色的长礼服，礼服上点缀着各种鲜艳的花卉图案，礼服的外面则罩着一件短围裙。这围裙虽然有花边，也很精致，但穿在她身上显得非常别扭，也起不到任何保护作用，不过女巨人还是穿着它，看起来非常滑稽。她面前的桌子上盖着雪白的台布，还有金盘子，很明显，女巨人正在吃晚饭。他们从天而降，把女巨人吓了一大跳。

女巨人背对着他们，连头都没有回，只是从盘子里拿了一块饼干，抹上黄油，然后用严厉而低沉的声音说：

"你们怎么不进来？你们不关门，如果风吹进来了，我会着凉的。如果我打喷嚏了，肯定会发火，然后就会控制不住自己。还不快进来，你们这些蠢货。"

几个人听了她的话，这才鼓起勇气走进房间，站在她的面前。女巨人还在继续吃晚餐，脸上却露出了诡异的笑容。伍特还发现，当他们走进房间时，身后的门就无声无息地关上了，他不由得心里发毛。

"好了。"女巨人说，"你们来这里干什么？"

"抱歉，夫人，"稻草人说，"我们只是碰巧路过这里，想帮我们的同伴找一个睡觉的地方而已，希望没有打扰到你。"

"我想，你们应该知道这里是私人城堡吧。"女巨人一边说，一边给另一块饼干抹黄油。

"我们在城门上看到了'尤普城堡'几个字，但我们知道尤普先生被关在奥兹国一个偏远的山洞里，就以为这城堡里没人，直接进来了。"

"原来是这样。"女巨人一边点头，一边怪笑着，伍特吓得浑身发抖。"难道你们不知道尤普先生已经结婚了吗？他被抓走后，他的夫人就住在这里，顺理成章地成了这里的主人。"

"到底是谁把尤普先生抓走的？"伍特严肃地盯着女主人问道。

"是那些坏家伙。"女巨人愤怒地说，"就是那些不准尤普先生吃他们的牛羊的人。不过话说回来，尤普先生的脾气是有点怪，而且有个坏习惯——一生气就喜欢毁坏房子。有一天，他正在吃饭，这些小个子就带着很多人闯了进来，不由分说就把尤普先生带走了。据说，他被关在山洞里的一个

大铁笼子里，但是具体的位置我不知道，我也不想知道。他对我不好，整天不是打就是骂，一点儿也不尊重我。如果我不愿意伺候他，我的踝骨就会遭殃，我恨透了他。"

"我搞不懂，那些人为什么不抓你呢？"伍特问道。

"那是因为我比他们聪明。"女巨人大笑着说，呼出的气差点把稻草人吹走。稻草人急忙抓住铁皮樵夫的手，才算站稳了。"我一看见这些人进来，"尤普夫人说，"就知道没什么好事，所以立刻变成了一只小老鼠，藏进了碗橱里。等到他们把尤普先生带走之后，我才变了回来，过着无忧无虑的生活。"

"这么说，你是一个女巫？"伍特问。

"严格地说，我不是什么女巫，我应该是一位变形大师。"女巨人回答道，"你们应该听说过尤库霍魔法师吧？也就是世界上最聪明的魔法师，我就是一名尤库霍。"

几位旅行者没有说话，他们仔细地想着她说的话，心头掠过了一丝不安。毫无疑问，女巨人已经通过魔法把他们俘虏了，但看起来，她似乎没有什么恶意，因为她说话的时候兴高采烈的，声音也很大，所以他们一点儿也不害怕。

稻草人一直没有停止思考，过了一会儿才问道：

"尤普夫人，我想知道我们是应该把你当朋友还是当敌人。"

"我一个朋友都没有。"她说，"因为如果朋友间的感情太好了，往往会让自己忽视自己的事情。但是我也不会与你们为敌，至少目前是这样。实话跟你们说，看见你们我很高兴，因为我一个人实在是太孤单、太无聊了。自从我把彩虹的女儿七彩姑娘变成金丝雀之后，我就变得孤零零了，再也没有人和我说话了。"

"你怎么会有如此高强的魔法？"铁皮樵夫惊讶地说，"我知道，七彩姑娘的本事可大着呢！"

"你说得没错，"女巨人说，"但是现在，她和一只普通的金丝雀没什么区别。有一天下雨后，她从彩虹上下来，不小心在这个山谷里睡着了，就在离我的城堡不远的地方。太阳出来后，彩虹离开了，她还是没有醒来，于是我偷偷地冲过去把她变成了一只金丝雀，关在了一个镶嵌着钻石的笼子里。笼子非常结实，她怎么都飞不出去。我原本以为把她变成了金丝雀，她就会永远陪在我身边，为我唱歌，和我说话，但可恶的是，变成小鸟后她竟然再也没有说过一句话。"

"那她现在在什么地方？"伍特听说过有关七彩姑娘的故事，连忙问道。

"鸟笼就挂在我的卧室里。"女巨人轻松地说着，又吃了一块饼干。

这下，他们三个开始害怕了。七彩姑娘有那么大的魔力，都被女巨人变成一只小鸟关起来，更何况是他们自己呢？稻草人沉思了片刻，将塞满稻草的脑袋转向女巨人，说：

"夫人，你知道我们是什么人吗？"

"当然！"她说，"不就是一个稻草人，一个铁皮人，还有一个小男孩吗？"

"我们可不简单，都是一些了不起的人。"铁皮樵夫说。

"那就再好不过了，"她回答道，"我就更想把你们留下来，陪着我解闷了。我是想说，只要我活着，就一定要把你们留下来。说实话，"她慢吞吞地说，"在我们这里，人永远不会死去。"

这番话把他们吓坏了，稻草人眉头紧缩，尤普夫人忍不住笑了起来。再看看铁皮樵夫那一脸严肃的样子，尤普夫人甚至笑出了声。稻草人生怕她大笑时喷出的气会把自己吹倒，连忙躲到了铁皮樵夫的身后。过了一会儿，看见没什么危险了，他才走了出来，对尤普夫人提出了警告：

"你可别小瞧我们，我们有很多有本领的朋友，很快就会来救我们了。"

"无所谓。"她满不在乎地说，"让他们只管来好了。就算他们来了，也不可能找到你们。明天早晨，我就会把你们变成别的样子，让他们认不出来。"

他们更加惊慌了。真是没想到，这个看起来笑眯眯的女巨人竟然如此狠毒。虽然她穿着漂亮的衣服、满脸微笑，却比她的丈夫更加残忍、狠毒。

稻草人和铁皮樵夫思考着第二天逃跑的方法，却好像被女巨人识破了。

"别白费力气了,"她说,"无论你们想什么办法,都不可能逃走。但是我不明白,你们为什么非要逃走呢?我会把你们变成另外一个样子,一定会比你们现在更好。知足吧,贪心只会让你们不开心,而不开心,不管你们是什么样子,都会成为你们最大的不幸。"

"那你想把我们变成什么样子?"伍特一本正经地问。

"我还没有想好。今天晚上我会好好想想,明天早上你们就会知道了。那么,你们自己想变成什么模样呢?"

"不!"伍特说,"我还是想保持现在这个样子。"

"真不理解你的想法。"女巨人说,"你看起来这么瘦小,顶多算是个微不足道的小角色。对你来说,好好活着比什么都强,所以我会把你变成另外一种动物,肯定比现在强一百倍。"

女巨人说着,拿起一块饼干,蘸了蜂蜜后放进了嘴里。

稻草人一边思考,一边目不转睛地盯着她。

"这里的山谷里根本没有粮田,"他说,"那么,你做饼干的面粉是从哪里来的?"

"老天!我会做这么复杂的事情吗?"女巨人说,"没有一个尤库霍人会喜欢干这种活儿。今天下午,我用夹子抓了很多小田鼠,但我不喜欢吃田鼠,所以就干脆把它们变成了热饼干当作晚餐。这个罐子里的蜂蜜原本是个黄蜂窝,我把它变成蜂蜜之后照样香甜可口。总之,肚子饿的时候,我就可以把我不喜欢的东西变成我想吃的东西,非常简单。怎么样?你们是不是饿了,想吃什么?"

"谢谢你的好意,我什么都不吃。"稻草人说。

"我也一样。"铁皮樵夫说。

"我背包里还有食物,"流浪者伍特急忙说,"我不想吃黄蜂蜜。"

"随你们的便吧。"女巨人满不在乎地说。这时,她已经吃完了晚饭,站起来拍了拍手,桌子一下子就不见了。

第六章
尤库霍人的魔法

虽然伍特在流浪的时候没见过什么奇异的魔法，但稻草人和铁皮樵夫对魔法一点也不陌生。不过，像尤普夫人这样高超的魔法，他们还是第一次见到，并且印象深刻。和其他女巫不同的是，她从来没有故弄玄虚，既没有念咒语，也没有举行任何仪式。而且这个女巨人长得不丑也不老，样貌和行为也不令人讨厌。然而他们一看到她，就会觉得心里发毛。

"请坐吧。"尤普夫人说，然后一屁股坐在椅子上，把漂亮的裙子铺开。房间里的椅子全都很高，新来的朋友们根本爬不上去。尤普夫人看见了，用手一指，椅子旁边就出现了一架梯子。

"爬上去吧。"她说。他们不敢违抗她的命令，铁皮樵夫和伍特帮笨手笨脚的稻草人爬上去。等到他们三个在椅子上坐好后，她才问道："现在，你们可以告诉我，你们从哪儿来，想干什么了吧？"

于是，铁皮樵夫把自己和妮米·艾米的故事告诉了她。他告诉女巨人，虽然自己没有了爱心，但还是要找到妮米·艾米，把她带回来，然后和她

结婚。听了他的故事，女巨人非常高兴，然后又问了稻草人很多问题，这是她第一次听说奥兹国的奥兹玛、多萝茜、南瓜人杰克、皮普特博士、滴答人等翡翠城里最有名的人。最后，伍特也讲述了自己的经历，但他说得不多，很快就讲完了。当他们说到在傻瓜城里的冒险故事后，女巨人开心地笑了。虽然离卢恩人不是很远，但她从没听说过他们，因为她从没离开过这里一步。

"想抓的我人太多了，和我的丈夫一样，所以我一般都待在家里，哪儿也不去。"她说。

"假如奥兹玛知道你没有得到允许就使用魔法的话，一定会惩罚你的。"稻草人说，"你现在还在奥兹国的管辖范围之内，而整个奥兹国除了女巫格琳达和住在翡翠城的小个子魔法师之外，任何人都不能使用魔法。"

"她只是你们的奥兹玛。"女巨人不屑一顾地说，"我为什么要听一个从来没有见过面的小姑娘的话？"

"但奥兹玛是个法力高强的仙女。"铁皮樵夫说，"整个奥兹国都在她的保护之下，如果你敢动我们一根毫毛，她一定不会放过你的。"

"这里与世隔绝，谁会知道这个地方，又有谁会知道你们在这里？我在自己家里做什么事，你们的奥兹玛怎么会知道呢？"女巨人回答道，"所以，你们不用拿她来吓唬我，我可不怕她。当然，你们也不用害怕，我不会把你们怎么样的。现在，我要去睡觉了，再好好想想把你们变成什么样子。好了，去睡觉吧！祝你们做个好梦！"

说完，尤普夫人站起来，走进了另一个房间。她的步伐很重，地板和墙壁被她震得嗡嗡直响。不一会儿，他们听见了她关卧室的门的声音，接着屋里的灯也熄灭了，整个房间黑漆漆的。

铁皮樵夫和稻草人倒是不害怕黑暗，伍特却很担心，被困在这个陌生的地方让他觉得凶多吉少。

"她至少应该给我准备一张床吧？这才是待客之道呀。"伍特对他的同伴说，刚说完，他就感觉到自己的腿被什么东西碰了一下。他伸手一摸，原来是一张床，上面有褥子、床单、被子，全都准备好了。伍特满意地躺到了床上，很快就开始呼呼大睡起来。

晚上，铁皮樵夫和稻草人小声地商量着出逃的法子。他们俩把整个房间摸了个遍，想找到打开门窗的机关，却什么都没有发现。

第二天天一亮，伍特的床就突然不见了，他没有提防，一下子摔到了地上。不一会儿，女巨人走了进来，她换了一身衣服，穿得和前一天同样精致，唯一不变的是那条花边围裙。她一坐下来，就高喊道：

"我饿了，快拿东西来。"

说着，她双手一拍，一张桌子就出现在她面前，桌子上铺着雪白的亚麻布，上面有很多金盘子，但是桌子上什么吃的都没有，只有一个带把的大水壶、一捆野草和一把石子。女巨人往咖啡壶里倒了一些水，然后一拍巴掌，拿起壶一倒，就倒出了一杯冒着热气的咖啡。稻草人他们看得目瞪口呆。

"你想喝吗？"她问道。

伍特对她用魔法变出来的咖啡有些不放心，但看到咖啡冒着热气，香气扑鼻，忍不住口水直流，忙说道："非常感谢您，夫人。"

女巨人又倒了一杯，放在地上。在伍特看来，这杯子和一只大桶差不多大，茶托上的金勺子也非常重，他费了好大劲才拿起来。伍特想办法喝了一口，觉得咖啡实在太好喝了。

接着，尤普夫人又把野草变成了燕麦片，在那里津津有味地吃了起来。

"接下来，"尤普夫人说，"我不知道应该是吃鱼丸还是羊肉丸，你觉得呢，小家伙？"

"随便你，我还是想吃自己带的东西。"伍特回答道，"你变出来的食物看起来不错，但我还是不敢吃。"

女巨人不以为意地笑了笑，把石头变成了鱼丸。

"你是怕我变出的鱼丸被你吃下去后变成石头吧？"她说，"这怎么可能呢？我变出的任何东西都不会变回原形，这也是我小心地使用变形术的原因。"她一边吃着那些鱼丸一边说，"我想把谁变成什么样子就一定能做到，但我没有办法让他们变回原形。所以你看，即使是聪明的尤库霍人，也有办不到的事。一旦我把你们变成了其他东西，你们就会永远是那个样子。"

"请你行行好，不要把我们变成其他东西。"伍特恳求道，"我们很喜欢自己现在的模样。"

"我才不管你们怎么想，只要我自己高兴就行了。"她说，"我想让你们换个模样。你们的朋友要是找来了，肯定认不出来。"

她说话的口气很坚决，表明她已经下了决心，再反抗也是白费力气。这个女人看起来不那么凶，虽然说话的声音有点大，但是语气温和。不过她一开口，就会让人觉得凶残无比。只要她下定了决心，就决不会轻易地改变主意。

尤普夫人慢吞吞地享用着早餐，他们三个耐心地在旁边等着她吃完，也不催她。当她终于吃完时，双手一拍，她面前的桌子就不见了。然后，她对他们说：

"接下来，是我把你们变成新模样的时候了。"

"你已经有主意了吗？"稻草人显得有些紧张。

"这个问题嘛，我在睡觉的时候就已经想好了。这个铁皮人，他看起来很严肃，大概是因为害怕，那就把他变成猫头鹰吧。"

尤普夫人说完，对着铁皮樵夫用手一指，很快，铁皮樵夫的身体就发生了变化，变成了一只猫头鹰。他的眼睛像一对碟子，鼻子像一个铁钩，爪子则看起来强壮有力。不过，他依然是用铁做的。他成了一只铁皮猫头鹰，腿、鼻、眼睛和羽毛全都是用铁做的。他站在一把椅背上时，铁皮羽毛发出了响亮的叮当声。

女巨人大概觉得铁皮猫头鹰的样子很滑稽，忍不住笑了起来。

"现在，你再也飞不走了，"她说，"只要你飞起来，你的翅膀和羽毛就会发出巨大的响声。按理说，铁皮猫头鹰还是很珍贵的，是对普通鸟的一种改良。一开始，我并不想把你变成铁皮猫头鹰，但我忘记你跟我说过你要变成有血有肉的动物了。既然已经这样了，那就算了。"

在此之前，稻草人还心存一丝侥幸：尤普夫人有没有说大话，是不是真的能把他和铁皮樵夫变成另一副模样，因为他们和普通人不一样，不是血肉之躯。他觉得伍特更危险，但是现在他忍不住开始担心起自己来。

"夫人，"他赶紧说，"我觉得你这样做有失礼貌。不管怎么样，我们是你的客人，你不能这样对待我们。"

"你们不是我请来的，而是自己送上门来的。"她回答道。

"话虽如此，但我们还是希望能得到你的款待，请可怜可怜我们。但是现在看来，你绝不是菩萨心肠。我的话可能冒犯了你，请原谅，但我不得不说，你不顾我们的反对，把我们变成我们不喜欢的模样，这实在是太可恨了。"

"你是想激怒我吗？"她皱着眉头说。

"当然不是！"稻草人说，"我只想让你变得更加高贵大方而已。"

"是吗？稻草人先生。稻草人先生，我看你现在倒像头熊，那就把你变成一头熊吧。"

她说完，用手一指稻草人，稻草人马上就变成了一头熊。不过，他的

身体里还是充满了稻草，走起
路来摇摇晃晃的，动作还是很
笨拙。

伍特吓坏了，内心充满了
恐惧。

"你变成动物时觉得疼
吗？"他问小棕熊。

"不疼，完全没感觉！"
小棕熊小声说，"但是我觉得，
用四条腿走路不是什么体面的事。"

"看看我的鬼样子。"一旁的铁皮猫头鹰一边用嘴梳理着铁皮羽毛，一
边嘟囔道，"我的视线有些模糊，好像受伤了。"

"大概是因为你是猫头鹰吧。"伍特说，"猫头鹰都是晚上出来活动，到
晚上就好了。"

"哈哈！"女巨人说，"我很满意你们现在的样子。我敢保证，你们一定
会喜欢自己的新模样。现在，"她对伍特说，"该你了。"

"你不觉得我现在的样子很好看吗？"伍特害怕地说，声音也在颤抖。

"不！"女巨人回答道，"我很喜欢猴子，尤其是绿色的猴子，我想小猴
子一定很可爱，尤其在我心情不好的时候，他会逗我开心。"

伍特吓得浑身发抖，只见女巨人把手指向了他，他觉得自己的身体在
慢慢地发生变化，一点儿也不疼。他低头一看，发现自己身上的衣服不见
了，取而代之的是一层柔软的绿毛，而且他的手和脚都变成了四肢。他明
白自己已经变成了猴子，他想到的第一件事就是生气。他像真正的猴子一
样乱叫，在椅子上跳来跳去的，最后还跳到了女巨人的背上。他想去抓她
的头发，把它们全都拔光，当作对她的报复。但是，女巨人只是轻轻地一
抬手，说：

"安静，马上给我安静下来。你不是在生气，而是太高兴了。"

伍特马上安静下来了，他突然发现，自己并不是为现在的模样而生气，

而是和做小男孩时一样开心、快活。他没有去抓女巨人的头发，相反，他蹲在她的肩膀上，用爪子轻轻地抚摸她的面颊。女巨人微笑着，用手拍了拍他的头。

"好极了！"女巨人说，"现在，让我们成为朋友，永远不分开。铁皮猫头鹰，你觉得怎么样？"

"非常舒服！"猫头鹰回答道，"说真的，我并不喜欢我现在的样子，但是也并不伤心。但是我想知道，一只铁皮猫头鹰还能干什么。"

"逗我笑呀，这就是你唯一的用处。"女巨人说。

"那么，一头塞满稻草的熊呢？"稻草人坐在一旁问道。

"当然了。"女巨人说，"为了让你们对自己的新模样满意，我在施魔法的时候特意加了点小魔法。可惜，当初我变七彩姑娘时忘记用这个办法了。不然的话，她看见你们几个，一定会很高兴地唱歌、跳舞，而不会像现在这样一声不吭，像个哑巴一样。等着，我去把她带来，让你们认识一下。"

话音刚落，尤普夫人就走了出去。不一会儿，她拿着一个鸟笼回来了，鸟笼里面有一只金黄色的小鸟，站在一块摇晃的小木板上。

"七彩姑娘，"女巨人说，"现在，我向你介绍一下你的新朋友，这个小猴子，以前是个流浪者，名字叫伍特；这只铁皮猫头鹰以前是个铁皮樵夫，名字叫尼克·乔伯；还有这个稻草棕熊，以前是个有生命的稻草人。"

"我们都认识，"稻草人说，"这只鸟是七彩姑娘，是彩虹的女儿，我们是老朋友了。"

"你真的是我的老朋友稻草人吗？"金丝雀用甜美的声音问道。

"天哪！"女巨人惊讶地喊道，"听，这是她变成金丝雀以来第一次开口说话。"

"就是我。"稻草人说，"请原谅我让你看到我现在的样子。"

"亲爱的七彩姑娘，我也变成了一只鸟。"铁皮樵夫说，"不过，我现在的样子跟你比起来简直太丑了。"

"这简直太可怕了！"金丝雀叹着气说，"难道你们就没有办法摆脱这一切吗？"

"逃不出去。"稻草人说,"本来我们一直在想办法逃走,但最后都失败了。她先是把我们变成了俘虏,然后又改变了我们的模样。可你为什么会被抓呢,七彩姑娘?"

"她是趁我睡着时抓住我的。"七彩姑娘伤心地说,"如果不是我睡着了,她怎么可能抓住我呢?"

"那么,请你告诉我。"绿猴走近鸟笼说,"亲爱的金丝雀,你有办法把我们变回去吗?你是仙女,一定有办法。"

"现在我没有办法,我连自己都救不了。"金丝雀说。

"没错!"女巨人叫嚷道。她终于听到金丝雀说话了,就算是怨言,她照样很高兴。"你们都是我的俘虏,认命吧,乖乖地陪着我。听着,这个魔法谁都没办法解除,所以你们再也变不回原来的样子。现在,我要出去散步了,每天早上我都要绕城堡走十六圈,锻炼身体。等我出去的时候,你们就自己找乐子吧,希望我回来的时候能看到你们高兴的样子。"

说完,女巨人走出大厅,打开了大门。她一出去,门就又自动关上了。绿猴飞快地冲了过去,希望能趁机逃出去,但还是晚了一步。等他到门口的时候门已经关上了,他的鼻子被撞得生疼。

第七章

花边围裙

"现在，"金丝雀说，声音明显比之前愉快多了，"老巫婆听不见我们的声音，我们想说什么都可以，没准我们能想办法离开这个鬼地方。"

"开！"猴子伍特对着那扇门大声地喊，但门纹丝不动，他只好灰溜溜地回到大家跟前。

"你们要想打开这座城堡里的任何一扇门窗，就必须先拿到那条魔法围裙。"金丝雀说。

"什么样的魔法围裙？"铁皮猫头鹰问道。

"就是她总系在身上的那条花边围裙。我被她在笼子里关了好几个星期，为了监视我，她每天晚上都会把我放在她的卧室里，"金丝雀七彩姑娘解释道，"经过仔细观察，我发现除了那条魔法围裙之外，其他任何东西都不能打开门窗。睡觉时，她总是把围裙放在床柱上。有一次，她忘记系上围裙，结果差点喊破了喉咙，门还是没有开，直到她系上围裙后门才开了，于是我就明白了这条围裙的魔力。"

"原来是这样。"小棕熊摇晃着脑袋说，"也就是说，我们只要弄到这条围裙，就可以离开这里了。"

"没错，我就是这样想的。"金丝雀回答道，"猫头鹰或小棕熊都没法做成这件事，恐怕只能指望猴子了。他可以想办法躲到女巨人的屋里，趁她睡着时把围裙偷出来。"

"没问题。"猴子伍特拍着胸脯说，"我们今天晚上就行动吧，但愿我能溜进她的房间。"

"但是有一点，你千万不要老是把这件事放在心上，"金丝雀警告道，"因为这个女巨人有看透人心的本领。而且，你们逃走的时候一定要带上我。如果我能逃脱女巨人的魔掌，说不定能想办法救大家。"

"放心吧，我们绝不会忘记你这个仙女朋友。"小棕熊满口答应道，"但是，你知道怎样才能进入她的房间吗？"

"抱歉，我也不知道。"七彩姑娘说，"你们只有等待好的时机，趁她不注意的时候偷偷溜进去。"

他们为这个问题商量了好一会儿，女巨人终于回来了。她一进来，就把门打开了，进来后就立刻关上了门。这一天，女巨人好几次进出卧室，不停地忙活着，但他们始终没有找到机会溜进去。

猴子伍特认为这么傻等并不明智，应该想办法和女巨人套近乎，和她成为好朋友，这样才能让她放松警惕。于是，当她坐在椅子上缝补长袜子并往一双巨大的金鞋上缝银扣子时，他就坐在她的椅背上陪她说话。这一招果然有效，尤普夫人非常高兴。她不时地停下来，笑着用手拍拍猴子的头。小棕熊则静静地躺在角落里，缩成一团。金丝雀和铁皮猫头鹰惊喜地发现，他们俩居然可以用鸟语说话，尤普夫人、小棕熊和猴子全都听不懂。他们欢快地聊着天，漫长而无聊的一天很快就过去了。

吃完晚饭后，尤普夫人从柜子里拿出了一把巨大的提琴拉了起来。她的水平实在是不敢恭维，对听众来说简直就是痛苦的折磨。等到她停下来要去睡觉时，屋里的人这才松了一口气。

尤普夫人严厉地警告猴子、猫头鹰和小棕熊，让他们老实一点，然后拎着装有金丝雀的鸟笼离开了。当门打开时，她突然想起来提琴还没有收拾好，于是马上走了回去。就在她转身的时候，猴子哧溜一声，从敞开的房门溜进了她的卧室，藏在了床底下。女巨人困极了，压根儿没有发现任何异常。她一走进卧室就关上了门，把鸟笼挂在窗边的钉子上后就开始脱衣服。她最先解开的就是那条花边围裙，就搭在床柱上，一伸手就可以拿到。

尤普夫人一上床，灯就熄灭了，屋子里黑漆漆的。猴子伍特躲在床底下耐心地等待着，一直等到尤普夫人鼾声如雷时才悄悄地钻了出来。他在黑暗中摸索了很久才找到那条围裙，立刻就把它系在自己的腰间。

接着，伍特开始四处寻找金丝雀。借着外面微弱的月光，伍特终于发现了装金丝雀的鸟笼，但鸟笼挂得太高了，他根本够不着。一开始，他想丢下七彩姑娘，和其他朋友逃走算了，但是他想起了自己对七彩姑娘的承诺，决定无论如何都要把她带走。

在模糊的月光下，伍特在窗子旁发现了一把高椅子，很快就有了办法。他使出全身的力气推动椅子，但是椅子太重了，每次最多只能往前挪动几英寸①。他推啊推，好不容易才把椅子推到笼子下面，然后轻轻地跳到了椅子上面，接着又跳上椅背，顺利地把鸟笼拿了下来。随后，他跳到地上，悄悄地走到了房门口。

"开！"伍特提着鸟笼，对着房门喊道。那围裙果然好使，门一下子就开了。但响声惊动了尤普夫人，她立刻从床上跳起来，气急败坏地朝伍特扑了上来。伍特提着鸟笼，猛地一跳，就钻出了房间，房门也立刻关上了，

① 英美制长度单位。1英寸约为2.5厘米。

尤普夫人被关在了房间里。

　女巨人非常生气，在里面疯狂地叫喊，威胁着说要让他们好看，把他们吓得不轻。猴子伍特终于逃了出来，激动不已，甚至连大门都找不到了。好在铁皮猫头鹰的眼睛发挥了作用，他在夜里把一切看得一清二楚。在他的带领下，几个朋友顺利地来到了大门前，伍特命令大门打开。围裙果然魔力非凡，大门打开了。几个朋友立刻跑出了城堡，再次呼吸到了自由的空气。从现在开始，他们彻底自由了，想去哪儿就去哪儿。

第八章

森林遇险

"快走！"七彩姑娘着急地喊道，"我们要赶紧离开她的山谷，不然的话，尤普夫人一定会想办法再把我们抓回去的。"

于是，他们飞快地朝东边跑去。在逃跑的过程中，他们甚至还能听到女巨人在城堡里发出的怒吼声和挣扎声。猴子伍特虽然拿着鸟笼，但他还是跑得非常快。铁皮猫头鹰也飞得特别快，铁皮羽毛在呼啸的风中发出了响亮的叮当声。只有小棕熊，因为肚子里全部都是稻草，所以跑起来的时候摇摇晃晃的，速度提不起来，其他两个同伴跑一会儿，就要停下来等他。

不一会儿，他们就来到了进入尤普夫人山谷的那道山梁。他们生怕女巨人追上来，所以继续往前跑，直到翻过这道山梁，进入另一个山谷才停下来喘一口气，猴子伍特累得上气不接下气的。

"我们现在应该安全了。"七彩姑娘说，她还在笼子里，被大家围在中间，"据我所知，尤普夫人在这里有仇人，所以不敢离开自己的山谷。现在，我们可以好好商量一下接下来该怎么办。"

"如果尤普夫人一直被关在房间里，恐怕会被活活饿死，"伍特说，他和铁皮樵夫一样善良，"我们拿走了她的魔法围裙，那些门就再也没办法打开了。"

"放心吧，"七彩姑娘说，"尤普夫人厉害着呢，她会很多魔法，不会有什么意外的。"

"真的吗？"猴子伍特问。

"当然是真的。"七彩姑娘说，"经过几个星期的观察，我发现她的头上有六个魔法夹，大拇指上还戴着一个魔法戒指。除了仙女之外，普通人根本看不见这个戒指。而且，她的脚上还戴有两个魔法镯子，所以只要她想走出那个房间，绝不是什么难事。"

"没错，她可以把门变成一条拱道。"小棕熊说。

"这对她来说简直是小菜一碟。"铁皮猫头鹰说，"我们应该庆幸当时她光顾着发火而没有想到这些，不然的话我们就真的很难逃出来了。"

"没错，我们已经逃出了女巨人的魔掌。"猴子伍特说，"但现在的问题是，我们怎样才能变回原来的样子呢？"

这个问题难住了所有人。他们坐在笼子周围，认真地想着办法，伍特想着想着就睡着了，金丝雀也累了，把脑袋藏在翅膀下面开始呼呼大睡起来。铁皮猫头鹰和小棕熊一点儿也不困，他们警觉地看着四周，没有打扰他们睡觉，天亮后才把他们叫醒。

"我饿了。"伍特一睁开眼睛就说，但不幸的是，那个装着食物的背包落在巨人的城堡里了。

"我们继续往前走吧，一定能帮你找到吃的。"稻草熊说。

"你不用拿着鸟笼了。"金丝雀说，"你把我放出来，把笼子扔掉。我在天上飞的时候，可以找一些种子当早餐，还可以帮你们找水。"

伍特连忙打开鸟笼，把金丝雀放了出来。金丝雀展开翅膀，飞到高空中，在他们头顶上盘旋了一阵就向远处飞去。不一会儿，她又飞回来了，在他们身边停了下来。

"沿着这个方向继续往东走。"金丝雀说，"前面有一片茂密的森林，一条小溪缓缓地从中间流过。森林里没准有水果和坚果，森林的边缘说不定还有浆果灌木丛，我们就去那儿看看。"

所有的人都同意她的话，于是，大家从容地上路了。铁皮猫头鹰在夜晚可以看见很远的地方，但是在白天，太阳照得他根本没办法睁开眼睛，所以他把眼睛闭得紧紧的，站在小棕熊的肩膀上，让他驮着自己走。而金丝雀有时飞到天上，有时又停在伍特的肩膀上。就这样，他们兴致勃勃地走进了东边的一个山谷里。

这个山谷非常大，形状像一个碟子，就是七彩姑娘在天空中看到的森林所在的位置。

"想想吧。"铁皮猫头鹰一边调皮地眨着眼睛，一边兴奋地说，"我们去蒙奇金领地还有什么意义呢？以前，我是想去和我心爱的姑娘结婚，但是瞧瞧我现在的模样，就算她很爱我，也不可能爱上一只铁皮猫头鹰。"

"你说得没错。"小棕熊说，"而我呢，以前是全世界最漂亮的稻草人，现在却变成了最丑陋、最愚蠢的棕熊，只有肚子里的稻草没变。"

"我就更倒霉了。"伍特说，"你们能想象那个老巫婆会把世界上最漂亮的男孩变成一只滑稽的猴子吗？"

"你够可以的了。"小棕熊说,"看你这身绿色的毛,我走南闯北,还从没见过绿色的猴子呢。"

"做一只金丝雀也不是不可以。"金丝雀坚定地说,在他们面前自由自在地飞来飞去,"但我还是想变回我原来的样子。"

"七彩姑娘,在我见过的姑娘里,除了奥兹玛之外,你是最可爱的一个。"铁皮猫头鹰说,"所以,女巨人在把你变成鸟的时候,才想着把你变成可爱的金丝雀。你是仙女,肯定比我们聪明多了,你能帮我们破除魔法吗?"

"在奥兹国里,发生什么样的奇迹都是有可能的。"金丝雀停在伍特的肩膀上,朝猫头鹰转动着一只眼睛说,"虽然尤普夫人说她的变形术无法复原,但我觉得这是因为她的本领有限。我想,如果我们找到奥兹国的宫廷女巫格琳达,她一定能把我们变回原来的样子。因为她是全世界本领最高强的女巫,无论她想做什么,都可以做到。"

"既然是这样,那我们就要向南走了。"棕熊说,"因为格琳达住在奎德林,离这里非常远。"

"我们还是先去森林里找点吃的吧。"伍特恳求道。于是,他们继续往前走,一直走到森林的边缘才停下脚步。虽然那里有很多美丽的大树,却连一棵果树都没有。伍特只好往森林深处走去,其他人则跟在他的后面。

就在他们寻找食物的时候,一只大老虎突然从一根树枝下冲了出来,抡起前爪,把小棕熊打得滚了好几圈,重重地撞到了一棵树干上。其他人都吓坏了,铁皮猫头鹰哇哇地大声叫着,连忙飞到一棵树上,虽然他看不清方向,根本不知道自己是飞向哪里。金丝雀迅速地飞到了猫头鹰的身边,猴子伍特则紧紧地抓着一根树枝,飞快地爬到了一个安全的地方。

老虎趴在地上,恶狠狠地盯着小棕熊。小棕熊站起来,满不在乎地看着老虎,责备地说:

"你想干什么?"

"我要把你当早餐。"老虎喘着粗气说,"我饿了,一定要把你吃了,除非你的肉又老又硬,难以下咽。"

"情况恐怕比你想的还要糟糕。"棕熊说，"我只是披了一张熊皮而已，我的肚子里面全都是稻草，一点儿也不好吃。"

"真的吗？"老虎扫兴地说，"也就是说，你要么是被施了魔法，要么就会魔法。既然你不能吃，那我就吃你的同伴好了。"

说完，他仰着瘦削的脑袋，一边朝铁皮猫头鹰、金丝雀和猴子看去，一边使劲地用尾巴拍打着地面，发出了凶狠的吼叫声。

"我的朋友们全都被施了魔法。"小棕熊说。

"你说的是真的？"

"没错！猫头鹰是用铁做的，你咬不动它。金丝雀其实是个仙女，是彩虹的女儿，叫七彩姑娘，轻而易举就能飞到很高的地方，你永远不可能抓到她。"

"那只绿皮猴子呢？"老虎已经饿得头晕眼花了，"他不是用铁做的，肚子里也没有稻草，而且他不会飞，只会爬树，这可难不倒我，我也会爬树，那我就吃他吧。"

伍特听了，吓得魂飞魄散，他知道老虎会爬树，而且还非常灵活，能在树枝中间跳来跳去。于是，伍特一秒钟都不敢耽误，立刻抓住一根树枝，用力一荡，就跳到了另一棵树上。但是，老虎不肯放弃自己的猎物，在树下紧追不舍。伍特在树上跳来跳去，一不小心却被腰间的围裙绊了一下，重重地摔到了地上。老虎立刻扑了上去，用爪子按住了他，恶狠狠地说：

"看你再往哪儿逃。"

在这个危急时刻，伍特突然想到了系在自己身上的围裙的魔法，他不知道这一招是不是有用，但也没有别的方法救自己了。于是，他大喊一声："开！"

就在老虎张开了大嘴，刚要咬下来时，地面突然裂开了，伍特掉了进去，地面很快又合拢了。当伍特向上看的时候，看见老虎惊讶地看着自己，似乎不敢相信自己的眼睛。

"见鬼，还是让他跑了！"老虎懊恼地说，"到嘴的早餐没了。"

铁皮猫头鹰在老虎的上方扇动翅膀时，发出了叮叮当当的声音。棕熊

也跑过来，问道：

"猴子呢？你这么快就把他吃了吗？"

"没有。"老虎回答道，"我还没来得及吃，他就掉到地下不见了。"

金丝雀停在离老虎不远的一个树桩上，高兴地说：

"很高兴我的朋友没有被你吃掉。当然，我很清楚饿肚子的滋味，那就允许我变一顿早餐给你吃吧。"

"非常感谢你。"老虎说，"虽然你个子很小，还不够我塞牙缝的，但你愿意牺牲自己，说明你很善良。"

"我可不能让你吃我。"金丝雀说，"想必你知道我是仙女吧，虽然我现在成了一只金丝雀，但是帮你变一顿美味的早餐还是没问题的。"

"既然你会施魔法，为什么不能救你们自己呢？"老虎不解地问。

"我可没那么大的本事。"金丝雀说，"尤普夫人，也就是对我们施魔法的女巨人，用的是一种特殊的尤库霍魔法，这种魔法我不太了解。但值得庆幸的是，她没有办法把我原来的魔法夺走，所以我可以试着帮你准备一顿早餐。"

"你的魔法变出的早餐味道怎么样？真的能填饱肚子吗？"老虎问。

"绝对没问题。你想吃什么？"金丝雀说。

"来两只长得肥肥胖胖的兔子吧。"老虎说。

"兔子？绝对不行！我不会让你吃那些可爱的小动物。"金丝雀七彩姑娘一口回绝了。

"那就变三四只小松鼠吧。"老虎哀求道。

"不行，我可没那么残忍。"金丝雀愤怒地说，"松鼠可是我的好朋友。"

"一只胖乎乎的猫头鹰总可以了吧？"老虎说，"当然不能是铁做的，而是真正的血肉之躯。"

"牲畜和小鸟都不行。"金丝雀坚决地说。

"那来几条鱼怎么样？前面就有一条河。"老虎说。

"活的东西你都不能吃。"金丝雀说。

"那你觉得我能吃什么。"老虎哼哼着问道。

"牛奶蘑菇可以吗？"金丝雀问。

老虎强烈地感觉到自己被捉弄了，气急败坏地用尾巴拍打着地面。

"给他一些热乎乎的炒鸡蛋烤面包吃吧。"稻草熊建议道，"我想他会喜欢的。"

"好吧。"说完，金丝雀扇动着翅膀，绕着树桩飞了三圈，然后飞到了一棵树上。熊、猫头鹰和老虎惊讶地发现，树桩上出现了一张硕大的绿树叶，上面的炒鸡蛋烤面包还在冒着热气。

"快去吧。"熊说，"我的朋友，你美味的早餐已经在那里了。"

老虎慢慢地走到树桩跟前，使劲地嗅了嗅，然后狼吞虎咽地吃了起来，不一会儿就吃得一干二净。看起来，他的确是饿坏了。

"我还是喜欢吃兔子。"老虎舔了舔嘴巴说，"但不管怎样，这份早餐还是很好吃的，我非常满意。亲爱的小仙女，谢谢你的一片好心，我保证不会再为难你们，让你们安然无恙地离开这儿。"

说完，老虎就消失在了茂密的森林里。尽管他已经跑到了森林里，但大家还是能听见他踩在树叶上时发出的声音。

"这个方法真不错。"铁皮猫头鹰说，"但是七彩姑娘，我不明白，既然你有这样的本事，为什么不帮伍特准备一顿早餐呢?"

"因为，"七彩姑娘回答道，"刚才我满脑子里想的都是其他的事情，完全忘记了我有这个本领。对了，伍特在哪里?"

"不见了。"稻草熊伤心地说，"刚才我们亲眼看见他被大地吞掉了。"

第九章

爱争吵的伍

伍特一直往下落，最后重重地摔在了一块岩石地上，吓了他一大跳。他一骨碌坐起来，摸了摸自己的身体，发现没什么损伤，这才放心了。

伍特朝周围看看，发现自己是落在了一个大洞穴里。洞里很暗，只有一些像月亮一样的圆盘发出很微弱的光。伍特仔细地看了看，才看清这些圆盘不是什么月亮，而是一些巨型怪兽的眼睛。这些怪兽的头比大象还要大，身体很长，差不多是大象的三倍，拖在身后。这样的野兽总共有十来只，身上全都覆盖着又长又硬的鳞片，和盛馅饼的盘子一样圆，五颜六色的，有绿色、紫色和橙色，深浅不一。他们尾巴的末端和亮晶晶的大眼睛周围都点缀着一

簇簇璀璨夺目的钻石，眼睛在黑暗中发出幽暗的光芒。

伍特还发现这些怪兽的嘴巴特别大，白森森的牙齿露在外面，看起来非常可怕。伍特以前听说过这些动物的一些传说，他认为自己可能掉进了巨龙居住的洞穴里。在很久以前，这些巨龙就被赶出了地球表面，每一百年才能来地上一次寻找食物。虽然他从来没有见过龙，但他对自己的判断深信不疑，因为这些动物长得实在是太奇怪了。

伍特坐在地上，不安地四处张望着，那些巨龙也一言不发地看着他。最后，离他最远的地方传来了巨龙低沉的声音："这家伙是个什么东西？"

那条个子最大的龙就在伍特面前，用沙哑的声音回答道：

"是从其他地方来的一个蠢货。"

"这个东西能吃吗？"大龙旁边的一条小龙问道，"我饿了。"

"我们也是！"所有的龙异口同声地赞同道。大龙生气地说："托特—托特，我的宝贝儿子！你怎么能在这个时候觉得饿呢？"

"为什么不能？"小龙反问道，"我已经饿了整整十一年。"

"十一年有什么大不了的？"另一条龙不屑一顾地说，"自从我在八十三年前吃过一次东西后，就再也没有吃过任何东西，没准还要继续饿十二三年。即便如此，我也不敢饿。依我看，你们应该改掉在两餐之间吃东西的毛病。"

"十一年前，我只吃了一条犀牛，根本不够塞牙缝的，"那条小的嘟囔道，"在那之前，我已经饿了六十二年，怎么可能不饿呢？"

"那你现在多大了？"听了他们的话，伍特感到很好奇，他忘记了自己身处险境，忍不住问道。

"爸爸，我多大了？"

"天哪，你为什么要问这么无聊的问题？"大龙不耐烦地回答道，"难道你不知道你只要问了，我就必须思考吗？要知道，思考对龙来说不是什么好事。"

"那我到底有多大了？"小龙坚持问道。

"好像是六百三十岁，我也记不清了，还是去问你妈吧！"

"不要问我。"角落里传来不耐烦的声音，原来是后面的一条老龙在说话，"我刚睡了一会儿就被你们吵醒了，真是心烦。谁说当妈的就必须知道孩子多大了？"

"你已经睡了六十年。"小龙说，"妈妈，你还没睡够吗？"

"我还要睡四十年。就是这个蠢东西掉进来吵醒了我们，我要给他点颜色看看。"

"我不知道你们在这里，"伍特连忙说，"再说，我也不想掉进来。"

"不管你怎么狡辩，你已经掉进来了。"大龙说，"你把我们吵醒了，所以你必须受到惩罚。"

"那你们想怎样惩罚我？"伍特害怕了，声音有些发抖。

"这个，我要好好想想，反正你也不着急。"大龙说。

"我不急。"伍特说，"要不，你们再睡个一百年好了，等你们醒了再来讨论如何处罚我吧。"

"还是让我把他吃了吧。"小龙请求道。

"他实在是太小了。"大龙说，"这只绿猴子没什么肉，吃了也不管用，只会让你觉得更饿。"

"不要再啰唆了，让我再睡一会儿。"另一条大龙喊道，他打了一个大哈欠，嘴里吐出了一条火舌，吓得伍特连忙往旁边一跳，希望能躲开它。

正是因为这一跳，伍特不小心撞到了身后一条龙的鼻子。这条龙很生气，对着伍特咆哮着，又喷出了一条火舌。火舌很亮，温度不高，却把伍特吓得尖叫着又往前跳了一大步，正好落在了那条头领大龙的爪子上。这条大龙疯狂地扬起另一只前爪，狠狠地教训了伍特一顿。伍特被打飞了，摔了个四脚朝天，重重地落在了离这些大龙很远的岩石上。

这下，所有的巨龙都被惊醒了，他们很生气，责骂伍特打扰了他们宁静的生活。最小的那条龙飞快地朝伍特游过来，其他龙跟在后面，他们眼里的光和嘴里的火舌把整个洞穴都照亮了。

伍特觉得自己完蛋了，吓得赶紧朝洞穴里面跑去，冲到了洞穴最远的那头，那些巨龙则紧追不舍，但是游得很慢。他们也不着急，因为想着伍特无论如何也逃不出他们的手掌心。洞穴的尽头到处都是坚硬的大石头，由于害怕，伍特灵活地在石头之间跳来跳去，最后发现自己撞到了洞穴的顶端。这下坏了，他无路可逃，只能无可奈何地蹲在那儿，等待厄运的到来。群龙悠闲地从石头上爬过，游在队伍最前面的就是那条小龙，它又饿又气。

在这个危险时刻，伍特突然看见了自己腰间的围裙。它已经被扯破了，而且还弄得脏兮兮的。他猛然回过神来，大喊道："开！"只见他头顶上方出现了一个洞，外面的阳光照了进来。

这下，那些龙都愣住了，阳光让他们无法睁开眼睛，什么都看不见。趁这个机会，伍特连忙逃出了洞口。他一爬出来，洞口马上就合拢了，他不由得长长地出了一口气。

他坐在地上休息，一想到刚刚差点就没命了，心就开始怦怦直跳。突然，旁边的树叶发出了沙沙的响声，原来是之前要吃他的老虎出现了。

"站住！"看见伍特撒腿就跑，老虎连忙打招呼说，"我已经吃过早饭了，所以现在不会吃你了。"

"真的吗？"伍特简直不敢相信自己的耳朵，觉得既伤心又惊讶，"你把

我的哪一个朋友当早饭吃了？"

"我谁也没吃。"老虎调皮地笑着说，"你的朋友七彩姑娘为我准备了一份美味的煎鸡蛋，我已经吃饱了。再说，我看你的样子，也像是没有发育好的样子，如果真的吃下去，恐怕会损坏我的消化系统。我走了，亲爱的朋友，沿着我在丛林里留下的脚印走吧，很快就能看见你的朋友。"

说完这些话，老虎就跑进了树林。伍特按照老虎的提醒，顺着他的足迹走，不一会儿就找到了自己的几个朋友。此时，他们正在因为伍特的失踪而难过呢。

第十章

快腿汤米

伍特讲完自己的离奇遭遇后，稻草熊说："这里太可怕了，我们还是赶紧离开，去找女巫格琳达，说不定她能把我们变回来。"

"如果我们现在就往南边走的话，"铁皮猫头鹰说，"那我们可能就要经过翡翠城。那里有我的很多朋友，千万不能让他们看到我现在的鬼样子。"他难过地扑打着翅膀。

"但是，据我看，我们已经绕过了翡翠城。"金丝雀一边在他们的头顶上盘旋，一边安慰着铁皮猫头鹰，"如果我们往南走，就会到蒙奇金领地，然后继续往南，就会进入奎德林领地，格琳达就住在那儿。"

"既然如此，那我们就赶快出发吧。"稻草熊催促道，"就算一切顺利，

这条路实在是太长了，我可是厌倦了用四条腿走路。"

"你身体里是稻草，我还以为你还和以前一样不知疲倦呢。"伍特说。

"我是说我不喜欢用四条腿走路。"稻草熊说，"我原来是用两条腿走路，现在却要用四条腿走路，这让我觉得很难堪。再说了，就算我的身体不会觉得累，但我的脑子也会因为这巨大的羞辱而感到累。"

"这就是有脑子的坏处。"铁皮猫头鹰说，"我变成铁皮人后就没有了脑子，也就不用想什么烦心的事了。即使这样，我还是喜欢我原来的模样，连做梦都想快点解除尤普夫人在我身上施的魔法。不然，我一动，就哗哗直响，连我自己都觉得心烦。"铁皮猫头鹰说着，扇了扇翅膀，森林里立刻响起了难听的叮当声。

几个人明确了前进的目标后，就开始向南走，过了很久，终于，森林看不见了，周围的景色也变成了蓝色。他们非常高兴，因为这意味着他们已经进入了蒙奇金的地界。

"现在，我终于觉得没什么可怕的了。"稻草熊说，"我对这里的一切都很熟悉。看，那里就是一个蒙奇金农民创造我的地方。在这个地方，我曾多次在蓝色的田野上漫游。我还记得前面的三棵树的样子，如果我记得没错，我的朋友琴洁的家就在前面不远处。"

"琴洁是谁？"伍特好奇地问。

"天哪，你连琴洁都不知道吗？"稻草熊惊讶地问道。

"不知道。"伍特说，"琴洁是动物还是小鸟，是男人还是女人？"

"琴洁是个美丽的姑娘，"稻草熊说，"但她一点也不淑女，而且还很容易激动。很久以前，她组建了一支娘子军，自封为大将军，领着这支军队，占领了翡翠城。我反对她在奥兹国建立军队，所以她就把我赶出了翡翠城。后来，奥兹玛惩罚了她。从那以后，她和我成了好朋友。现在，她在附近的农场种了一块地，每年都会得到很多奶油泡芙、巧克力糖和白杏仁饼。我听说她不仅会种地，还是一个画画的能手，画的画几乎和真的一模一样。我以前的模样很可爱吧？那就是在她在一个月前亲笔为我画的。在我变成熊以前，只要我的脸脏了，她就会重新帮我画。"

"你的模样的确很可爱。"伍特说。

"琴洁想画什么就能画什么，"大家继续往前走的时候，稻草熊兴致勃勃地说，"有一次，我去她家时身上的稻草已经很久没换了，乱七八糟的，走路摇摇晃晃的。我很想找一些新的稻草换换，但琴洁家那时正好没有稻草。于是，她就画了一个草垛子，非常逼真。最后，我用她画的稻草填满了我的身体，那些画的稻草真不错，也用了很长时间。"

伍特觉得非常神奇，但是他知道，在奥兹国，任何神奇的事都可能会发生。

蒙奇金比吉利金还要美丽，田野都被蓝色的栅栏隔开了，人们都在田里精耕细作。蓝色的地面上阡陌纵横，到处绿草如茵。他们站在一座小山上，低头打量着周围的一切，人类聚居的地方还在前面。他们继续往前走，拐一个弯后被一个人拦住了去路。

这是一个长得非常奇怪的人，即使在奥兹国这种稀奇人很多的国度里，这样的人也不多见。他是一个蒙奇金年轻人，长得既漂亮又可爱，而且头发梳得整整齐齐的。但是他的身体特别长，足足有二十条腿，每边各十条，所以身体向后伸展，每条腿都站在地上，像蜈蚣一样。他的肩膀上还有两条纤细的胳膊，比他的二十条腿细得多。

这个怪人是蒙奇金人的打扮，穿着一件深蓝色的外套，每一双腿上都套着一条天蓝色的裤子，脚上则是蓝色的长袜和尖头皮鞋，鞋尖翘得高高的。

"你是谁？"七彩姑娘飞到这个怪人的头顶问道。这个怪人没有睁眼，大概是在睡觉。

"实际上，有时连我自己也不知道自己是谁。"怪人说，"我叫快腿汤米，住在一个老树洞里。那个树洞很大，非常适合我，我也很爱惜那个树洞，把它打扫得干干净净的，还在每边都安上了窗户，这样，我就能住得非常舒服了。"

"你为什么会是这个样子？"稻草熊问道，"总不会一生下来就这样吧？"

"不是，我是被迫的。"汤米叹着气说，"要怪，就怪那个恼人的愿望。以前，我很热心，总喜欢帮助别人，比如跑腿送东西什么的。有一次，我

可能是遇到了一个仙女，或者是巫婆吧。她让我给另一个巫婆送点东西，可能是迷幻药，说要是我帮她的忙，就可以满足我的一个愿望。我当然很高兴，拿着东西就走了。那地方可真远呀！我又是爬山又是过河，累得筋疲力尽，于是我就说：'我要是有二十条腿就好了。'结果，话音刚落，我就变成了现在的模样。瞧瞧，整整二十条腿！不信的话，你们可以数数。"

"不用了，我已经数过了，是二十条。"伍特说。

"我完成了任务之后就马上回来了，因为我想尽快找到那个仙女、女巫或者类似的人，让她把我变回原来的样子。结果，我找了很久也没找到她。"说到这里，汤米难过地低下了头。

"我觉得，"铁皮猫头鹰眨着眼睛说，"你有二十条腿，肯定跑得特别快吧？"

"刚开始的时候，我的确跑得很快。"汤米回答道，"但是为了找那个人，我长途跋涉，我脚上的鸡眼就是那个时候长的。一只脚趾上长鸡眼其实也没什么大不了的，但现在的问题是一百只脚趾上全都长了鸡眼，那就实在是太难受了，所以现在我只能慢慢地走。但我还是信心十足，相信只要我坚持下去，一定能找到那个人，变回原来的样子。"

"但愿如此。"稻草熊安慰道，"我觉得你挺幸运的，因为你长得和别人都不太一样，是奥兹国的名人。对一个人来说，和其他人长得一样太没有意思了，长得与众不同才能引人注目。"

"话虽如此，"汤米说，"但你想想，我每天早晨起床都要穿十条裤子，系二十双鞋带，这可是遭罪的事。"

"你说的那个巫婆，是不是满脸皱纹，牙齿掉了一半的老太婆？"铁皮猫头鹰问道。

"不是。"汤米回答道。

"那就不是老莫比。"铁皮国王说。

"我不在乎她是谁。"汤米说，"我只想找到她，让她把我变成原来的模样就行了。"

"如果你真的找到她，你确信她会把你变成原来的样子吗？"伍特问道。

"应该会吧。如果我再为她跑一次腿，她可能会再满足我一次愿望。"汤米说。

"你真的想变成原来的模样吗？"七彩姑娘问道。此时，她正在伍特的肩膀上歇息，认真地打量着汤米。

"当然。"汤米急切地说。

"那我试试吧。"彩虹的女儿飞到地上，用嘴衔起一根小树枝，在汤米的腿边写了一些神秘的符号。

"难道你就是那个女巫、仙女，或者类似的人？"汤米看着这一切，惊讶地说。

彩虹的女儿没有回答，专心地忙碌着。稻草熊说："是的，她就是一只有魔法的小鸟。"

突然，汤米的身材发生了变化，先是最远的两条腿消失了，紧接着，相邻的两条腿也不见了，就这样，所有的腿最后全都没有了，而他也变得越来越矮。在这个过程中，金丝雀不停地围着汤米跑，口里不住地念着咒语。等到汤米只剩下最后两条腿时，金丝雀还是没有停下来的意思，于是小伙子着急地尖叫道：

"够了，赶紧停下来。把我的两条腿留下来，不然的话我就完蛋了。"

"我知道，"金丝雀说，"我只是想去掉你脚上的鸡眼。"

"谢谢你考虑得这么周到。"他感动地说，大家这才发现，汤米其实是个非常帅气的小伙子。

"你现在有什么打算？"伍特问道。

"我嘛，先要去送一封信。"汤米回答道，"自从那个巫婆满足了我的愿望之后，我就一直把它放在我的口袋里，从来没有拿出来过。现在，我决定去实现这个愿望。这件事给我的教训就是，不管说什么话，一定要想好了再说，不然就会有大麻烦。等我把这封信送出去了，你们要是有什么需要我做的，尽管吩咐。"

他对七彩姑娘表达了谢意之后就走上了另一条路，从此以后，他们再也没有见过他。

第十一章

琴洁的大农场

　　他们沿着绿油油的山坡往下走，稻草熊一眼就认出这就是他的朋友琴洁的家。于是，他们赶紧朝屋子走去。

　　走到屋子跟前，他们发现门开着，里面却一个人都没有。房子周围的菜地里是整齐的灌木丛，上面结的是奶油泡芙和蛋白杏仁的饼干，有的还没有熟，有的已经熟了，完全可以吃了。在远一点的地方，已经长满了巧克力糖。所有的庄稼一看就知道被精心地打理着，长势非常好。他们四处寻找琴洁，却连她的影子都没有看见。

　　"大家不要客气。"稻草熊说，"我们直接进去，把这里当自己的家就行了。琴洁很好客，一定会高兴看见我们，好好招待我们的。等你们见到她，就知道我说得没错了。"

"那我可以去吃几个奶油泡芙吗？"走了这么久，伍特早就饿了。

"琴洁非常大方，你想吃多少都行。"稻草熊说。

伍特非常高兴，开始在园地里狼吞虎咽起来。这些泡芙是金黄色的，奶油的分量很足，非常好吃，他吃得肚子快撑破了才停下来。然后，他才回到屋里，坐在一把摇椅上，和朋友们在一起——和他是男孩时一样。金丝雀站在壁炉架上，小心地梳理着自己的羽毛。铁皮猫头鹰靠在另一张椅子的椅背上，稻草熊则一屁股坐在房屋的正中间。

"我对这位琴洁姑娘有点印象，"金丝雀用动听的声音说，"她不懂魔法，帮不了我们什么忙，只能指点我们去格琳达城堡的路，但我们还是非常感激她。而且，她很诚实，对人真诚。"

"所有的麻烦都是我引起的，"铁皮猫头鹰叹着气说，"如果不是我想去找艾米，就不会发生这样的事。虽然我不想怪什么人，但现在想想，都是伍特给我出的主意。"

"我倒是想感谢他。"金丝雀说，"因为如果不是他，我现在还在尤普夫人手里呢。虽然我现在还是只金丝雀，但我已经获得了自由。"

"那你觉得我们还有希望恢复原样吗？"伍特有些着急地问。

金丝雀没有马上回答这个问题，想了一会儿才说：

"虽然尤普夫人说世界上没有什么人能解除她的魔法，但我知道任何一种魔法都会被解除。我原来一直认为我们天上的魔法比地上的魔法强，但尤库霍魔法实在是太怪了，格琳达和奥兹玛应该比我更了解尤普夫人的魔法，也一定有办法解除魔法。如果她们也没办法，那我们就只能接受现实，永远保持这个样子了。"

"做一只待在彩虹上的金丝雀也挺好的，"铁皮猫头鹰眨巴着圆溜溜的眼睛说，"所以，只要你能找到彩虹，所有的问题就都解决了。"

"不对，我的朋友。"伍特大声说，"我和彩虹姑娘感同身受。当一个漂亮的小姑娘怎么也好过当一只金丝雀，就好比我原来是一个快乐的小男孩，现在却变成了一只猴子。要是不能恢复原形，你会怎么想呢？"

"不错，我也有同样的想法。"棕熊说，"你们想想看，如果我的朋友碎布姑娘看到我现在这个模样，该多么吃惊啊！"

"她一定会把眼泪都笑出来的，"铁皮猫头鹰肯定地说，"至于我，只能放弃和艾米结婚的打算了。当然，我不会让这个不幸的结局困扰我的生活。如果说和艾米结婚是我的责任，那我决不会逃避责任，但如果我因为现在的模样而无法承担责任，那我会去另一个地方，孤独一生。"

这些人想到自己可能会面临的厄运，全都陷入了沉默。就在他们为自己的未来感到悲哀时，琴洁突然出现了，她看见自己最漂亮的椅子上竟然坐着一只绿色的猴子，另一把椅子上蹲着一只铁皮猫头鹰，精美的地毯上则坐着一只棕熊，家里简直就成了动物园。琴洁差点气疯了，拿起一把扫帚，怒吼道：

"你们这些畜生，竟然跑到我家里来了，赶快给我滚出去。"

说完，她拿起扫帚，把地上的棕熊打倒在地。铁皮猫头鹰见势不妙，连忙飞了起来，铁皮翅膀哗哗直响。而伍特看见怒气冲冲的女孩冲着自己来了，吓得连忙躲进了壁炉里，顺着烟囱往上爬。爬到一半时，他才发现烟囱实在是太小了，根本就钻不出去，只好浑身发抖地待在那儿。只是一眨眼的工夫，他身上那漂亮的绿毛就变得黑漆漆的，到处都是烟灰。伍特从蹲着的地方看着眼前发生的一切。

"不要打，是我。"这时，棕熊看见琴洁又拿着扫帚往自己头上打来，连忙喊道，"你不认识我了吗？我是你的朋友稻草人呀。"

"你这个可恶的骗子！"琴洁喊道，"你明明是一只可怜的标本熊，怎么可能是我的朋友呢？"

"那是因为我肚子里的稻草不够，"棕熊解释道，"尤普夫人施魔法的时候，忘记了熊的身材和人的身材不一样，所以我就显得很瘦小。"

"尤普夫人是谁？"琴洁问道，她虽然还举着扫帚，却没有打下来。

"她是吉利金领地的一个女巨人。"

"我有点儿清楚了。是尤普夫人把你变成了这样？你真的是我的好朋友稻草人吗？"琴洁说。

"没错，我就是稻草人，但现在只是一个干瘪的棕熊。还有这只铁皮猫头鹰，就是温基的国王铁皮樵夫——尼克·乔伯。再看那只绿色的猴子，他是一个可爱的小男孩，叫伍特，是一个流浪者。"

"还有我。"金丝雀凑过来说，"我以前是彩虹的女儿七彩姑娘，被尤普夫人变成了一只鸟。"

"天哪！"琴洁惊呼道，"那个尤普夫人一定个魔法高强的坏蛋。"

"她还是一个尤库霍人。"七彩姑娘补充道，"幸运的是，我们已经逃出来了。现在，我们想去找格琳达，请她把我们变回来。"

"哎呀，看来是我鲁莽了，请你们原谅。"琴洁放下手里的扫帚说，"我把你们当成擅自闯入家里的畜生，对不起。欢迎你们来我家做客，但是很遗憾，我帮不了你们。把这里当成你们自己的家，不要拘束。"

听了她的话，大家这才放心。棕熊坐了起来，而铁皮猫头鹰也飞到了椅子上，伍特则从壁炉里爬出来，坐在了椅子上。看着黑漆漆的伍特，琴洁眉头紧锁。

"你是我见过的最脏的猴子，"她生气地说，"你身上的烟垢和烟灰会把我的房间弄脏的。你为什么要钻进烟囱？"

"我被你的动作吓坏了。"伍特难为情地说。

"那你现在跟我来。"琴洁命令道。

"有什么事？"伍特有些害怕地问。

"把你身上洗干净。"琴洁说。

四处流浪的时候，伍特就不怎么洗澡，现在成了猴子，就更不想洗了。他吓得不断地往后退，浑身直哆嗦。但琴洁一把抓住他，把他拉到了院子里。不管伍特怎么哀求，琴洁都不理睬，将他丢进水池里，拿着刷子在他身上洗了起来，装作没听见他的哀求一样。她给他抹上肥皂，用力地刷洗，好不容易才把他擦得干干净净的。

棕熊和铁皮猫头鹰在一旁看着，他们发现，洗干净后的绿猴在太阳的照射下闪烁着柔和的光芒，闪闪发亮，于是不约而同地点了点头。金丝雀高兴地笑着说：

"你真是太棒了，琴洁！想不到绿猴洗干净后会这么漂亮。"

"我不是猴子！"伍特反驳道，"我的外形是猴子，但我是男孩。"

"有什么区别吗？"琴洁说，"如果你能解释清楚，那我就再也不强迫你洗澡了，只要你保证再也不钻进烟囱里。生物往往是通过他们在别人眼睛里的外形决定的。现在，你看看我，觉得我是什么样的？"

伍特看了看她。

"我觉得你是一个非常漂亮的女孩。"伍特回答道。

琴洁听了他的话，忍不住皱起了眉头。

"好了，不说这些了，现在先跟我到园子里去吧。我要请你们吃一种你们从没吃过的小甜饼。这种东西只有我一个人能种，你们一定会满意的。"

第十二章

奥兹玛和多萝西

在翡翠城的王宫里，奥兹仙境的统治者奥兹玛公主正坐在宝座上，研究着刚从宫廷图书馆里借来的一卷手稿，坐在她身边的就是她最好的朋友多萝西。多萝西正在刺绣，不时停下来拍拍脚边的小黑狗。小黑狗叫托托，是多萝西最忠诚的伙伴。

按照一贯的标准，你会得出这样的结论：奥兹玛公主年龄不大，应该只有十四五岁，但实际上她已经统治奥兹国很多年了，模样却始终没有任何变化。而多萝西比奥兹玛更年轻，她第一次来这里时是个小姑娘，这么多年过去了，和女王一样没怎么长大，好像一点儿也没有长大。

据我所知，奥兹国以前也不是什么仙境，和其他国家没什么区别，只是它的周围是一片沙漠，把它包围了起来，断绝了奥兹人和外人的来往。有一天，罗兰女王带着一群仙女经过这里，就把这里变成了仙境，然后留下一位仙女在这里当女王。从那以后，罗兰女王再也没有来过这里，她早就把这件事忘得一干二净了。

正是从那时开始，奥兹国的时间就仿佛停止了，老年人永远年老；年轻人永远年轻；孩子永远是孩子，尽情地嬉笑打闹；婴儿则永远躺在摇篮里，被大人精心地照顾着，永远没有长大的一天。所以，奥兹国的人不再计算自己的年龄，因为这些对他们来说没有任何意义。他们的一切不再改变，不会生病，也没有医生，这里的人不会像其他地方的人那样有生老病死。当然，也不排除会发生一些意外事故，导致有人遇难。但这些都是小概率事件，一般人很难遇到，所以奥兹国的人压根儿用不着操这个心，全都生活得很幸福、很快乐。

奥兹国还有一件怪事，就是外人进入奥兹国后也会受到魔法的影响。只要他们住在这里，就会和奥兹国的居民一样。多萝茜刚来这里时是个小姑娘，这么多年过去了，她还是个小姑娘，没有任何改变。

在奥兹国，也不是所有的地方都是人间乐土，但在翡翠城，也就是奥兹玛统治的地方，这里的人过得非常开心。虽然奥兹玛的影响遍及数百英里[①]，但在一些比较偏僻的地方，如吉利金领地的山区、奎德林领地的森林地带、蒙奇金领地和温基领地的一些较远的地方，还有一些野蛮人没有得到教化，不受奥兹玛魔法的控制。此外，奥兹国刚刚成为仙境时，这里还有一些魔法师和巫师，散居在全国各地，但现在他们已经被禁止使用魔法。奥兹玛曾下令，在奥兹国境内，除了御用女巫格琳达和奥兹魔法师之外，任何人都不能使用魔法。奥兹玛自己就是一个法术高强的仙女，精通多种魔法，但是她除了帮助人以外，基本上不用魔法。

交代这一切，就是想让大家对奥兹国有更深入的了解，从而更好地理解这个故事。事实上，那些看过奥兹系列童话、听说过奥兹人的冒险经历

---

① 英美制长度单位。1英里约为1.6公里。

的人都对其中的情况有很多的了解。

　　奥兹玛与多萝茜是好朋友，她们俩几乎形影不离。这个从堪萨斯州来的小姑娘虽然撞了大运，但她并没有因此而任意妄为、虚荣，依然保持着身上的善良品质，所以奥兹国的臣民就像爱女王一样爱多萝茜。虽然住进了王宫，和奥兹玛成为好朋友，她仍然是以前那个喜欢冒险的勇敢女孩。

　　现在，她们正坐在一个房间里——这是奥兹玛的内室——墙上挂着一张魔法地图。魔法地图镶嵌在一个精致的木框里，就挂在墙上。它比格琳达的魔法记事簿更加神奇，因为魔法记事簿只会记录世界上每个地方发生的事情，魔法地图却可以像看电影一样看见这些事情，和一部生活的"电影"没什么区别。你只需要点一下你想要看的人，他身上发生的事情就会一幕幕展现在你的眼前。这天，多萝茜刺绣的活儿干久了，觉得有些累，就把魔法地图前的帘子打开了，想知道她的好朋友亮纽扣在干什么。从魔法地图上，多萝茜看见他和一个叫奥乔的蒙奇金男孩在玩皮球，还看见爱姆婶婶在帮亨利叔叔缝补袜子。哦，对了，还有她的老朋友铁皮樵夫。

　　在地图上，多萝茜看见铁皮樵夫正要和稻草人、伍特一起走出铁皮城堡。多萝茜还不认识伍特，只见他背着一个包，就猜想他们要出远门。她问奥兹玛知不知道他们要去哪儿，奥兹玛说不知道。

　　接下来的几天，铁皮樵夫等人都走在乡间的小路上，多萝茜对这个一点儿也不感兴趣，也就没看。两天后，她想看看稻草人和铁皮樵夫的行踪，竟然看到他们在尤普夫人的城堡里，而且马上就要被尤普夫人变形。多萝茜和奥兹玛非常吃惊，惊恐而愤怒地关注着事态的发展。

　　"这个女人真是太恶毒了！"多萝茜大喊道。

　　"没错。"奥兹玛说，"她竟然对我们的朋友这么残忍，我一定要狠狠地惩罚她。"

　　她们一直都在关注着几个人的行踪，当看到他们三个终于逃出了尤普夫人的魔爪时，不由得为朋友顺利脱险而高兴。虽然她们还不知道跟他们在一起的金丝雀是什么人，但确信她是什么人变的，多半也是中了尤普夫人的魔法。

最后，天亮了，几位冒险家朝南方的蒙奇金走去。多萝茜焦急地问奥兹玛：
"我们能想办法帮他们吗？可以把他们变回原形吗？看到他们现在这个样子，我真替他们难过。"

"我一直在想这个问题。"奥兹玛回答道，"尤普夫人是我统治下的最后一个尤库霍人，这个部落里的人的魔法很特殊，一般人很难解除。虽然我没什么把握，但我一定会尽量想办法的。根据他们前进的方向，我知道他们一定会经过琴洁的农场。我们现在就出发的话，就能在那里与他们碰面。怎么样，你想和我一起去吗？"

"当然。"多萝茜说，"我怎么会错过这个难得的机会呢？"

"那就赶快去准备红马车吧！"奥兹玛说，"然后我们立刻出发。"

多萝茜立刻跑出去做准备，奥兹玛则径直走进魔法室，拿了一些可能会用上的东西。半小时后，红马车停在王宫的门口，拉车的正是奥兹玛最喜欢的锯木马。

这匹马虽然是用木头做的，但跑起来非常快，而且从不知道什么是累。为了防止锯木马的腿因为磨损而变短，奥兹玛特地为他打造了纯金的马掌，马的挽具上还点缀着许多光彩夺目的宝石。虽然锯木马不怎么好看，但他这一套马具看起来非常高档。

锯木马能够听懂奥兹玛的话，所以奥兹玛骑马的时候不需要缰绳，只需要告诉他去哪里就可以了。奥兹玛和多萝茜刚上马车，小狗托托就跑了过来，对多萝茜说：

"难道你们要把我单独留在这里吗？"

多萝茜看看奥兹玛，奥兹玛微笑着说：

"如果你愿意，可以带托托一起走。"

多萝茜高兴地把托托抱上了车。托托跑得很快，但怎么能和锯木马相比呢？

两人立刻出发了。锯木马精力充沛，一路上跑个不停，穿过了高山和平原。当琴洁刚刚在院子里为伍特洗完澡，要带他们去巧克力园时，奥兹玛和多萝茜就出现在了院子门口。

第十三章

变回原形

铁皮猫头鹰看见红马车停在门口，立刻高兴地叫了起来，兴奋地挥舞着翅膀。小棕熊也很高兴，摇晃着向马车跑去。金丝雀则飞到了多萝茜的肩膀上，对着她的耳朵说：

"真高兴你能来救我们。"

"你是谁啊？"多萝茜问道。

"怎么，你不认识我了？"金丝雀反问道。

"不认识。我们第一次在魔法地图上看到你时，你就是这个样子。但我们知道你肯定是被尤普夫人变形的，就像我们的朋友那样。"

"没错，我是七彩姑娘。"

金丝雀说。

"是吗？"多萝茜说，"真是太可怕了！"

"是的，虽然我是一只漂亮的金丝雀，"七彩姑娘说，"但我还是想变回我原来的样子，这样我就能回到彩虹上去了。"

"不用担心，"多萝茜说，"奥兹玛肯定能实现你的心愿。你怎么样？我的朋友稻草人，当一头熊的感觉如何？"

"糟糕透了。"稻草熊说，"当一只野兽严重地伤害了我的自尊。"

"想想我吧，"铁皮猫头鹰说完就飞走了，停在红马车的挡泥板上，扑打翅膀时发出了很大的嘈杂声，"多萝茜，你看，我的身体和眼睛完全不成比例，视力也差得要命。你说，我是不是该配一副眼镜了？我现在的样子很吓人吧？"

"我看看。"多萝茜上下打量了铁皮猫头鹰一会儿后才说，"说真的，这次你没有吹牛皮，但是没关系，奥兹玛很快就会把你变回去的。"

伍特看见面前这两位可爱的姑娘，为自己的模样而感到惭愧，一直躲在后面。琴洁却不肯放过他，把他拉过来，推到奥兹玛和多萝茜的面前。伍特站在高贵的女王面前，连忙鞠躬，态度非常恭敬，显得并不难看。

"你们受苦了。"奥兹玛安慰大家说，"我一定会尽最大的努力把你们变回原形的，但是首先，我想知道你们为什么会闯入尤普夫人的城堡。"

于是，他们告诉了奥兹玛这次旅行的目的。稻草熊说，铁皮樵夫下定决心去找妮米·艾米，打算和她结婚，当作对她的回报。伍特讲述了他们在傻瓜城和卢恩人的故事，铁皮猫头鹰将女巨人把他们抓获并变形的事一一道来，七彩姑娘则讲述了她的故事。在此期间，托托因为多次向猫头鹰狂吠而被奥兹玛严厉地呵斥。等到几个人都说完了之后，奥兹玛思考了好半天，才笑着对这些急得像热锅上的蚂蚁的人说：

"毫无疑问，你们中了一种非常奇怪的魔法，所以我也不敢保证自己能解除。事情的确像尤普夫人说的那样，没有人能解除她的魔法，但是把稻草人变回原形倒不是什么难事。尤普夫人虽然把他变成了熊，但没有改变他的身体结构，他的身体里还是充满了稻草。所以，我还是比较有把握把他变回原来的样子。"

"感谢上天！"稻草熊高兴地说，用笨拙的舞姿表达自己的喜悦。

"还有，铁皮猫头鹰的情况和稻草熊差不多，"奥兹玛笑嘻嘻地说，"不管他变成什么样子，女巨人都只能把他变成一个铁皮的动物，复原应该没什么问题。现在，我就开始吧，看看我的魔法有没有用。"

她从怀里拿出一根短短的银魔棒，在稻草熊的头上挥舞着，很快就解除了稻草熊身上的魔法。稻草熊又变成了稻草人，依然是肚子里塞满了稻草，脸上画着漂亮的五官。

你应该可以想象到，稻草人高兴坏了，得意扬扬地在屋子里走来走去。很快，奥兹玛又解除了铁皮猫头鹰的魔法，把他变回了铁皮樵夫的模样。

"现在，"金丝雀迫不及待地嚷嚷道，"总该轮到我了吧，奥兹玛？"

"你和他们不一样。"奥兹玛突然变得严肃起来，脸上的笑容也不见了，"我只能说我尽力而为，但不能保证能否成功。"

说完，奥兹玛就开始施展魔法了。但尤普夫人的魔法的确有一套，她试了两三种法术，最后都失败了。奥兹玛仔细想了一会儿，决定换一种方法。她先把金丝雀变成一只鸽子，然后又把鸽子变成斑鸠，又把斑鸠变成兔子，最后把兔子变成了小鹿。做完这一切后，她又混合了几种药物，然后撒在小鹿身上。这时，奇迹出现了，小鹿变成了美丽的七彩姑娘。七彩姑娘不仅长得好看，而且活泼可爱，当她快乐地跳舞时，长长的裙子在风中飘舞，再加上美丽的金发，让她看上去像夏日里绚烂的云彩一般。

看着眼前的这位美女，伍特心中充满了敬畏之情，似乎忘记了自己的处境，直到看见奥兹玛看自己的眼神里充满了同情和焦虑时，才猛然回过神来。多萝茜在奥兹玛的耳边说了几句话，只见奥兹玛伤心地摇了摇头。

琴洁知道奥兹玛这种神情的意思，一把抓住伍特的手，轻轻地拍了几下。

"别伤心，"她说，"你长得非常漂亮。再说，当猴子比当男孩好多了，

不仅爬得快，而且能做很多男孩做不了的事。"

"怎么了？"伍特着急地问，"难道奥兹玛公主的魔法都用完了吗？"

奥兹玛亲自给出了答案。

"我可怜的孩子，你变成现在这个样子，"她同情地说，"确实与众不同。我想，不管是谁，包括仙女或尤库霍人在内，都没办法解除。尤普夫人很明白，一旦把你变成了绿猴，你将永远是绿猴了。"

伍特失望地叹了口气。

"这实在是太让人失望了。"伍特壮着胆子说，"但是如果真的没办法，我也只有认命了。虽然我讨厌当猴子，可是我怎么斗得过命运呢？"

所有的人都觉得很难过，多萝茜不死心地问道：

"难道格琳达也救不了他吗？"

"不能，"她回答道，"因为格琳达的魔法和我差不多。离开王宫前，我认真研究过伍特的情况，发现任何魔法都帮不了他。不过，他可以和别人交换形体，或者干脆变成其他的样子。但是，不管用什么魔法，绿猴的形体都将永远存在。"

"那么，我觉得，"稻草人提议道，"为什么不能把猴子的形体变到另一个人身上去呢？"

"但是，谁会愿意这样做呢？"奥兹玛问道，"如果我们强行交换，那我们和邪恶的尤普夫人有什么区别呢？"她继续说。"就好比我们用魔法把托托变成一只绿猴，而伍特就会马上变成一只小狗。"

"请不要在我身上施魔法。"托托愤怒地吠叫，"我讨厌变成绿猴。"

"我还不想变成狗呢！"伍特说，"猴子怎么说也比狗强多了。"

"这是因为我们每个人的想法不同。"托托说。

"我想到了一个办法，"稻草人说，"我觉得自己今天特别聪明。你们看，为什么不先把托托变成伍特的样子，然后再让两人的形体互相交换呢？这样一来，绿猴就变成了原来的伍特，而狗就变成了绿猴。"

"太棒了！"琴洁叫道，"真是个好主意！"

"别看我，"托托说，"我坚决不同意。"

"你看，绿猴的毛皮多光滑、多闪亮，而且，你还能帮助这个可怜的人恢复原来的模样。"琴洁恳求道。

"说不行就不行。"托托说。

"我也不答应，"多萝茜说，"那样我就没有小狗了。"

"但你有了一只猴子。"琴洁坚持说。她非常喜欢伍特，所以想帮他。

"我不喜欢猴子，我喜欢小狗。"多萝茜毫不犹豫地拒绝了。

"都别争了，"伍特说，"我已经很不幸了，不想让别人承受和我一样的痛苦，更不愿强迫多萝茜公主的小狗。再说，我想奥兹玛公主也很难把别人变成流浪者伍特吧。"

"这倒难不倒我。"奥兹玛说，"不过，你的话很有道理，我们不能强迫任何人变成猴子，这和他是人或者狗没有关系。不管怎么说，要改变你的模样，就必须让你和另一个人交换形体，而且，这个人将永远是一只绿猴。"

"我拿不定主意，"多萝茜想了好一会儿才说，"难道我们就找不到一个愿意变成猴子的人吗？毕竟，猴子聪明、活泼，而且还是一只绿色的猴子，这不更与众不同吗？"

"不用说了，我不会勉强任何人。"伍特说，"那样做太过分了。我已经做了一段时间的猴子，但我并不想做猴子。我生下来就是男孩，觉得做猴子是一件很羞耻的事，怎么可能让别人来承受这种痛苦呢？"

大家瞬间变得沉默了，他们都知道伍特说的是实情。多萝茜难过得差点儿哭了，奥兹玛向来快乐的脸上也布满了愁云，稻草人则不停地拍着脑袋，希望能想到更好的办法。铁皮樵夫很爱惜自己的身体，进屋给自己的关节部位上了油，免得自己也哭起来，流泪会让他的铁皮身体生锈，他可不想让自己引以为傲的亮闪闪的身体有一丝一毫的损坏。尤其是现在，他和这个形体分开了很长一段时间，他就更加珍惜了。

唯一与众不同的就是彩虹姑娘。恢复原形后，她一直都在花园里翩翩起舞，但她还是听到了奥兹玛的话，明白了伍特的处境。这位彩虹的女儿非常聪明，跳舞的时候也能思考，而且合情合理。突然，她想到了一个好

方法。

"尊敬的陛下，这一切的悲剧都是那个可恶的尤普夫人造成的。说不定她现在正躲在她的城堡里，想着我们不能解除她的魔法而洋洋得意呢，甚至可能在嘲笑我们的无能。既然如此，我们为什么不把她变成猴子呢？我相信，就算在这里，你也能让她和伍特互换形体。这样的话，伍特就能变回原形，而尤普夫人就成绿猴了。"

这的确是个好办法，奥兹玛又露出了微笑。

"谢谢你，七彩姑娘，"她说，"虽然这个办法并不简单，但是没关系，我一定尽力而为，没准真的会成功。"

第十四章

绿　猴

　　所有的人都进屋了，兴致勃勃地看着接下来发生的事情：琴洁按照奥兹玛的吩咐在炉子上烧了一壶水，奥兹玛则神情严肃地站在那里。大家都知道，一场重要的魔法仪式马上就要开始了，于是纷纷往后退，生怕打扰她。只有彩虹的女儿还在不停地进进出出，一边跳舞，一边轻声地哼唱着。一看到房间的墙壁，她就会觉得忐忑不安。但是，她始终没有发出任何声音，自然没有对任何人造成干扰。

　　这时，壶里的水开始冒泡了，奥兹玛从怀里掏出了两个纸包，里面装的是一些药粉。奥兹玛把这些粉末倒进壶里，又拿起一根蛋白杏仁小甜饼树的树枝，在里

面不停地搅动。然后，她让琴洁拿过一个大浅盘，把壶里的水倒进盘子里。水冷后变成了银白色，表面非常光亮，可以把所有的东西都映出来。

她的朋友们围在桌子周围，目不转睛地盯着眼前的一切，多萝茜把托托也抱在怀里看着。只见，奥兹玛在水面上挥动着魔棒，水面上很快就浮现出了巨人城堡里的情景：尤普夫人坐在大厅的椅子上，还是穿着那件漂亮的礼服，正在编织一件崭新的花边围裙——我们都知道，她原来的那件围裙已经丢了。

虽然尤普夫人忙个不停，但看上去好像有些心神不宁，似乎总觉得有人在偷窥她。她不时地四处张望，大概是在等待未知的命运，这或许就是尤库霍人特有的警觉吧。伍特发现，自从他们逃出城堡之后，尤普夫人已经离开了卧室。现在，她就坐在大厅里，从她阴沉的表情可以猜到，她一定在谋划什么坏事。也许，等她完成手里的围裙之后，她就会想办法去报复这些逃走的俘虏了。

奥兹玛手里的魔棒在盘子上方不停地挥舞着，这时，女巨人的身体开始变小，而且形体也有了变化。大家看到，坐在椅子上的她开始变成伍特的形体。尤普夫人也注意到了自己身体的变化，连忙放下手头的事，跑到了墙边的镜子前。只见，镜子里出现的是一个男孩的模样，她一头撞过去，镜子顿时变得粉碎。

奥兹玛还在那里施展着自己的魔法，她的左手按在绿猴的肩膀上，另一只手挥舞着银棒，不断地画着各种奇怪的图形。旁边人把全部的注意力都放在盘子上，只见尤普夫人的形体在慢慢地发生变化，最后变成了一只绿猴，伍特则变回了自己的样子。

当大家再次看到房里的情景时，惊讶地发现伍特就站在屋里。过了一会儿，盘子里的景象消失了，变成了琴洁家里一个房间的场景。大家都松了一口气，知道奥兹玛的魔法结束了，她终于战胜了那个邪恶的女巨人。

"她以后会怎么样？"多萝茜问道。

"她将永远做一只猴子，"奥兹玛回答道，"而且她永远不能使用魔法了。但是，这也没什么。反正她会一直孤零零地住在城堡里，要不了多久，她

就会习惯她的样子了。"

"这是她应得的下场。"多萝茜说，大家纷纷点头。

"但是我想知道，"善良的铁皮樵夫说，"她以前会魔法，会变东西吃，现在她没法用魔法了，那她会饿死吗？"

"别的猴子吃什么，她就吃什么。"稻草人说，"就算变成了猴子，她的智慧也不会消失，肯定能找到吃的东西。"

"不用为这样的坏蛋担心，"多萝茜说，"在奥兹国，不会有人饿死。即使饿上几天，也没什么大不了的，就算是惩罚她吧。再说，她现在的情况并不比伍特差。我们再也不要提这个可恶的女人了。虽然她是个尤库霍女巫，但我们的女王还是比她厉害，终于破除了她的魔法。"

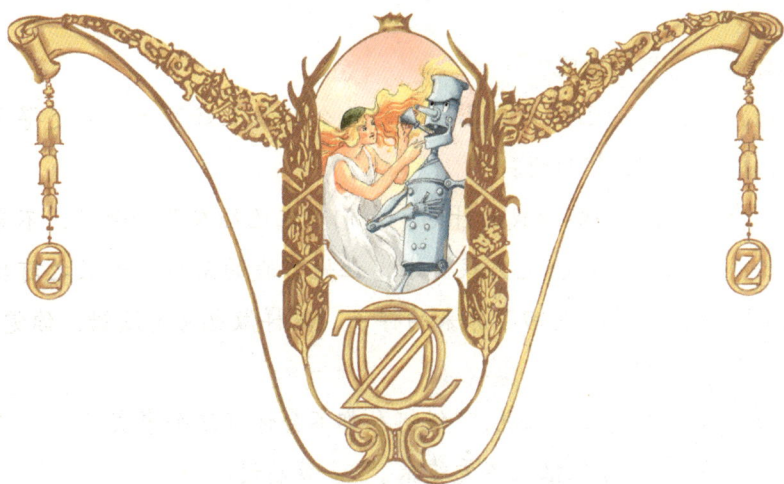

第十五章

铁皮卜

伍特是一个活泼可爱、彬彬有礼的孩子，奥兹玛、多萝茜和他相处得非常开心。而伍特出于对奥兹玛为自己解除魔法的感激，向女王发誓自己会成为奥兹国最忠诚的臣民，永远为女王效劳。

"你随时可以到王宫里来看我。"奥兹玛说，"我可以介绍另外两个男孩让你认识，他们是蒙奇金的奥乔和亮纽扣。"

"谢谢陛下。"说完，伍特转向了铁皮樵夫，"尊敬的国王陛下，你有什么打算，是继续寻找艾米，然后把她带回王宫，还是一个人回翡翠城或者你自己的地盘呢？"

这时，铁皮樵夫已经为自己身体的各个部位上好了油，又变得光亮如新了。他想了一下，然后说：

"我觉得我还是要继续我的计划。我们现在已经在蒙奇金了，不会再有什么危险，所以我还是决定去找艾米，让她当我的王后。如果之前我那样做是对的，那么现在我变回了原来的样子，这样做也肯定没错，你觉得呢，我亲爱的稻草人朋友？"

"你说得没错，"稻草人说，"任何人都不会怀疑这个事实。"

"不过，我觉得你压根儿不爱艾米。"多萝茜说。

"那是因为我无法爱任何人。"铁皮樵夫说，"即使这样，我还是可以好好对她，光是这一点，很多男人就比不上。"

"已经过了这么久，你觉得艾米还爱你吗？"

"我确信她还爱着我，所以我一定要去找她，让她过上好日子。伍特也认为，在我的身体遭受了如此多的变故之后，甚至变成了铁皮人，她仍然对我一心一意，所以我要报答她。你觉得呢，奥兹玛？"

奥兹玛笑着说：

"我没见过你的艾米，所以不敢肯定她是否还爱着你。但你去找她，并把她带回来，然后让她当王后，这肯定不是什么坏事。只要她愿意，我会在翡翠城里为你们举行隆重而热闹的婚礼，让她成为全奥兹国最尊贵的女人之一。"

听了她的话后，铁皮樵夫更加坚定了继续去寻找艾米的想法，稻草人和伍特也愿意陪他一起去。七彩姑娘也愿意和他们一起去，这多少让大家感到有些意外。

"我不想待在王宫里，太无聊了。"她对奥兹玛说，"当然，以后要是遇到彩虹，我还是会回去的。我的姐妹一直在那里等我，我的父亲则因为我总是走丢而生气。在蒙奇金的乡间小路上，我也能很快就找到彩虹，就像在翡翠城或奥兹国其他地方一样，所以，我想和铁皮樵夫在一起，帮他向艾米求婚。"

多萝茜也想和他们一起去，可是铁皮樵夫并没有邀请她，她想如果自己提出这个要求的话，也许会打扰他们。她向铁皮樵夫暗示了自己的想法，但铁皮樵夫似乎没有领悟到，一点儿反应都没有。对一个男人来说，不管对方多么爱他，求婚总归是一件难为情的事，铁皮樵夫可能不希望有太多的人在场。不过，多萝茜虽然失望，但想到自己可以在翡翠城和奥兹玛一起为铁皮樵夫筹备一个盛大的婚礼，还有一系列的聚会和庆祝活动，就觉得满足了。

奥兹玛提出，可以让自己的红马车送大家一程，尽可能把他们送到蒙奇金大森林附近。马车很大，足够这么多人坐进去。有了交通工具，大家决定马上出发，就向琴洁告别。琴洁为伍特摘了一篮成熟的奶油泡芙和小甜饼。奥兹玛让锯木马立刻出发。神奇的木马立刻飞跑起来，不一会儿就走到了一条黄砖铺成的路上。这条路的尽头就是茂密的大森林，但是这里实在太窄了，马车无法通行，所以大家就在这里告别了。

奥兹玛、多萝茜和托托祝朋友们一路平安，然后就坐着马车返回了翡翠城，铁皮樵夫则带着大家走进了森林。铁皮樵夫和稻草人对这一带非常熟悉，走讲森林，就好像回到了自己的家。

"我就是在这里出生的。"铁皮樵夫自豪地说，"就是在这里，那个老亚婆在我的斧头上施了魔法，让我慢慢变成了铁皮人。森林很大，艾米和老巫婆的小屋就在这里。我的朋友克里普也住在这里，他在森林的另一边，他是有名的巧手铁匠，我漂亮的身体就是他创造的。"

"他一定很聪明吧？"伍特说。

"那当然！"铁皮樵夫说。

"那太好了，我就想认识这样的聪明人。"伍特说。

"假如你想认识真正的聪明人，"稻草人说，"我觉得你应该去认识一下把我创造出来的那个农夫。虽然我不想贬低创造铁皮皇帝的人，但任何有审美眼光的人都知道，创造一个稻草人更需要好的审美意识。"

"你的身体太弱了。"铁皮樵夫说。

"那你也太僵硬了。"稻草人讽刺道。两个好朋友第一次有了针锋相对的意见，几乎要吵起来了。七彩姑娘把两人都嘲笑了一番，伍特则连忙换了个话题。

晚上，他们在树下歇息。伍特吃了一些琴洁准备的奶油泡芙。他还想请七彩姑娘尝尝，但她拒绝了，因为她更喜欢其他的东西。早晨，她吸吮了一些花朵上的露珠，这对她来说就是最美味的东西。吃完后，几个人继续上路。走了一会儿，稻草人停下来说：

"没错，就是在这里。我和多萝茜第一次遇到铁皮樵夫，当时他全身都生锈了，在这里一动不动。我和多萝茜为他上了油，才让他又动了起来。后来，我们一起去了翡翠城。"

"那段经历对我而言太痛苦了，"铁皮樵夫一本正经地说，"当时，我正在这里砍树，突然下起了大雨。还没等我明白是怎么回事，我全身就生锈了，让我无法动弹。一天过去了，一个星期过去了，一个月过去了……我一动不动地站在那儿，举着斧头，连我自己都不知道到底在这里待了多久。终于，多萝茜来了，她为我上了油，救了我的命。看，这就是当初我砍的树，还有斧头的印子。"

"那这么说，这里离你的家很近？"伍特说。

"是的，但我们现在去不了，我们应该先去找艾米，她的家在左边，还远着呢。我们要抓紧时间赶路。"

"你不是说她被老巫婆抓住了，是老巫婆的仆人吗？"伍特说。

"那是以前的事了。"铁皮樵夫说，"我听说多萝茜的房子掉下来时把老巫婆压死了。现在，艾米应该住在自己的家里。当然，老巫婆死了之后，我一直没有见过艾米，因为我被困在了树林里。但不管怎样，艾米摆脱了老巫婆的控制，一定非常高兴。"

"既然如此，"稻草人说，"那我们就赶紧去找艾米吧。陛下，你知道怎么走，就在前面带路吧，我们跟着你。"

于是，铁皮樵夫领着大家走上了一条枝叶繁茂的小路。这里光线很暗，到处都是藤蔓、树丛和茂密的枝叶，铁皮人时不时就要用手臂把树枝拨到一边，或者用斧头砍断。过了一会儿，铁皮樵夫突然站住了，喊了一声："我的天哪！"

跟在他后面的稻草人猝不及防地撞在了他身上，从他后面绕过来一看，情不自禁地惊叫道：

"我的天，真奇怪！"

伍特不知道是怎么回事，也跟上去一看，同样大吃一惊：

"我的天哪，真是太奇怪了！"

他们三个呆呆地站在那里，看着前面，半天说不出话来。直到七彩姑娘笑着从后面赶来，他们才清醒过来。

原来，他们前面站着一个和铁皮樵夫长得一模一样的铁皮人，大小一样，就连身体的连接部位也一样，都是用铁皮做的。唯一不同的是，那个铁皮人一动不动地站在那儿，嘴巴微张着，眼睛往上翻，还拿着一把寒光闪闪的长剑。这也是他和铁皮樵夫的唯一区别——铁皮樵夫手里拿的是一把斧头。

"真是太奇怪了。我没有看错吧？"伍特惊呼道。

"当然不是真的。"稻草人说，"怎么会有两个铁皮樵夫？"

"确实不可能。"七彩姑娘迈着优雅的舞步向陌生人靠近，"难道你们没有发现这是一个铁皮士兵吗？看看他手里拿着的是什么？是宝剑！"

铁皮樵夫走上前，用手摸了摸那个人的手臂，然后用颤抖的声音问：

"你是谁？"

但那个铁皮人没有回答。

"难道你没有看出来，他和你一样生锈了？"七彩姑娘笑着说，"尼克·乔伯，把你的油罐借我用一下。"

铁皮樵夫一言不发，不情愿地把油罐递给了她，这个油罐他一直随身带着。七彩姑娘先为铁皮人的上颌涂上了油，然后轻轻地活动了一下，很快，这个铁皮人就能说话了：

"谢谢，我已经能说话了。现在，请你们为我身上的关节涂上油吧。"

伍特接过油罐，又给铁皮人的各个关节涂上油，然后其他人又帮着他活动了一下关节部位。没多久，这个铁皮人就可以活动自如了。

这个铁皮人高兴极了，兴奋地在小路上来回地走动着，还用尖细的嗓音唱着歌：

士兵在行军途中，
光芒万丈，
在敌人面前，
毫不畏惧。
他纠正别人的错误，
捍卫国家的尊严，
对敌人，他勇敢地冲上去，
对朋友，他关怀备至。

第十六章

塞特上尉

　　"你真的是一名士兵吗？"伍特见这个铁皮人神气地挥舞着宝剑在路上走来走去，忍不住问道。

　　"以前是的。"铁皮人说，"但是我已经生锈很长时间了，连我自己也不知道自己到底是什么了。"

　　"我的天哪。"铁皮樵夫不可置信地嚷嚷道，"你怎么也是个铁皮人呢？"

　　"这个嘛，"铁皮人说，"说来话长。我爱上了一个美丽的蒙奇金姑娘，她和一个老巫婆住在一起，老巫婆不想让我和她在一起，就在我的宝剑上施了魔法。于是，我一次次挥起

宝剑砍向自己，先是砍断了手，然后是腿，最后是脑袋。在此期间，一个叫库·克里普的铁匠用他高超的手艺为我分别装了铁皮身体，让我变成了铁皮人。但我一点儿也不难过，因为这个铁匠的手艺非常好，把我做得很漂亮。而且，在我之前，他也做过一个铁皮人，经验十足。"

"没错！"铁皮樵夫说，"我就是他做的第一个铁皮人。现在请你告诉我，你爱上的蒙奇金姑娘叫什么名字？"

"她叫妮米·艾米。"铁皮士兵回答道。

他们一听，都大吃一惊，很长时间都没有人说话，只是看着眼前的铁皮士兵。过了好半天，铁皮樵夫才问道：

"那么，妮米·艾米爱你吗？"

"开始的时候不爱。"铁皮士兵说，"我遇到她的时候，她正在为以前的爱人而流泪，那个人叫尼克·乔伯。"

"我就是尼克·乔伯。"铁皮樵夫说。

"她告诉我，尼克是一个铁皮人，在阳光下闪闪发光，比我英俊一百倍。她说她是一个艺术爱好者，所以和一般的血肉之躯相比，铁皮人对她的吸引力要大得多。但我没有灰心，因为那时铁皮人已经不见了，再也找不到了。后来，妮米·艾米终于同意让我去看她，我们就成了朋友。但没多久，我们俩的事被那个老巫婆发现了，于是她在我的宝剑上施了魔法，我就成了这个样子。让我高兴的是，当我失去双腿时，妮米·艾米开始对我产生了兴趣；当她看见我的铁手时，对我的好感更加强烈了；而在我彻底变成铁皮人之后，她对我说，我已经变成了尼克·乔伯的样子，她愿意和我结婚。

"我们定好了婚礼的时间，那天正好在下雨。我管不了这么多，还是去接妮米·艾米，因为我知道老巫婆现在不在家，我们想在她回来之前逃走。我穿过了很多条森林小路，我的连接部位被打湿了，但是我满脑子里想的都是和艾米结婚的事，所以并没有放在心上，直到我的双腿突然动弹不了了才知道麻烦来了。很快，我的手臂也生锈了，没办法给自己上油，于是吓得大声呼救。可是，这里一个人也没有，没多久，我的嘴巴也动不了了，

再也不能发出任何声音，只能无可奈何地站在这儿，等着别人来救。但这条小路上基本没什么人会来，所以我在这里站了很久，久到连日期和时间全都忘得一干二净了。我可以默默地唱歌、作诗，但就是说不出一句话。现在好了，救星来了，谢谢你们帮我逃出苦海。"

"这太荒唐了！"稻草人叹着气说，"我觉得那个铁匠不应该做两个完全一样的铁皮人，现在好了，两个人爱上了同一个姑娘，怎么办？"

"说到这儿，我要承认一个问题。"铁皮士兵认真地说，"自从我变成铁皮人，我就不再爱任何人，因为我没有了心。虽然铁匠为我做了一颗铁的心脏，但基本上没有什么用，只会在我的胸口乱跳，敲打着我的心口。很多时候，我宁愿自己没有这颗铁心脏。"

"那你为什么还要去娶妮米·艾米呢？"

"我是一个有诚信的人，既然我答应要娶她，就应该说到做到。她已经因为一个铁皮人而伤心了一次，我不能再让她失望了。"

"这不能怪我呀。"铁皮樵夫解释道，然后，他把自己的遭遇原原本本地说了一遍：他在森林里生锈了，多萝茜和稻草人救了他，后来他们就去了翡翠城，目的是寻找一颗爱心。

"假如你有这么一颗心，"铁皮士兵说，"我愿意你代替我去娶她为妻。"

"假如她更爱你，"铁皮樵夫说，"那我愿意你娶她为妻。老实说，我已经不能像以前的我那样去爱她了。"

"如果这个可怜的姑娘爱一位铁皮人，愿意和铁皮人结婚，"伍特说，"那你们中的一位就应该和她结婚，给她幸福，我看，就抓阄决定吧。"

"这个方法不好。"稻草人说。

"应该由她自己来选择要嫁给谁。"七彩姑娘提议，"你们两个都应该去找她，让她自己做出选择，她一定非常乐意。"

"我觉得这个主意不错。"铁皮士兵说。

"我也是这样想的，"铁皮樵夫说着，和铁皮士兵握了握手，就这样说好了。"先生，请问怎么称呼你？"他继续说。

"在不是铁皮人之前，大家都叫我费特上尉。"铁皮士兵说，"现在，我只能叫'铁皮士兵'了。"

"好的，上尉，如果你愿意，我们一起去找妮米·艾米，问问她是怎么想的。"

"好极了！如果再看见那个老巫婆，我们就一起对付她，反正我们手里有武器。"

"那个老巫婆早就死了。"稻草人说。一路上，稻草人向铁皮士兵讲述了奥兹国这些年来发生的很多事。

"看来，我锈住的时间远远超出了我的想象。"铁皮士兵说。

第十七章

金·克里普的铁匠铺

　　他们大概要走两个小时才能到妮米·艾米的家，到那儿后才发现她竟然不在家。从屋子情形上看，她似乎已经离开很久了，屋顶已经有些塌陷了，屋里覆盖了一层厚厚的灰尘，一看就知道很久没人住了。

　　"如果我猜得没错，"看着倒塌的房子，稻草人说，"老巫婆死后，妮米·艾米就离开了这儿，因为她害怕孤独。"

　　"没错！"伍特说，"一个年轻姑娘怎么可能独自住在森林里呢？她一定是搬到人多的地方去了。"

　　"说不定她还在为铁皮人都没来娶她而伤心呢。"七彩姑娘说。

"如果是这样的话，你们俩就要负责：找到艾米，并且和她结婚。"稻草人说。

"那我怎样才能找到她呢？"铁皮士兵说，"我对这个地方一点儿也不熟悉。"

"我是在这个地方出生和长大的，"铁皮樵夫说，"我很熟悉这个地方，但这里几乎没什么人住，我实在不知道谁住在附近，而且艾米又正好愿意和他住在一起。"

"我们为什么不去库·克里普铁匠家打听一下呢？"七彩姑娘说。

这句话提醒了大家，他们立刻再次走进了茂密的森林，朝铁匠家奔去。两个铁皮人曾经多次走过这条路，对这里的情况非常了解。

库·克里普的家在森林的那头，面对着蒙奇金的大平原。当一行人急匆匆地赶到时，却发现铁匠家里也没人。

铁匠家的房子非常漂亮，院子周围是一排整齐的蓝色篱笆，院子里还放着几条长板凳，这些树把森林和平原分开了。院子前面是草坪，后面是森林。库·克里普铁匠住房的前半部分是住房，后半部分是铁匠铺，铁匠铺旁边则还有一间小房子。

虽然铁匠不在家，他家的烟囱里却冒着烟，说明他就在附近，很快就会回来。

"说不定妮米·艾米会和他一起回家。"稻草人手舞足蹈地说。

铁皮樵夫走到铁匠铺门口，看见门没有锁，就推门走了进去，好奇地四处张望，这里的一切他都非常熟悉，因为这就是他变成铁皮人的地方。

"在我心里，这里就是我的家。"他对同伴们说，"一条腿被砍断后我第一次来到了这里，我拿着断腿，好不容易才用一条好腿跳到了这儿。我记得非常清楚，库·克里普把我的那条断腿放进一个桶里，应该就是角落里的那个桶，然后迅速地为我做了一条铁腿。他的动作很快，我还没来得及喊疼，假腿就安好了。"

"我的经历也一样。"铁皮士兵说，"每次我都是拿着我被宝剑砍断的肢体来到这里，亲眼看见铁匠把它们放进那个桶里。"

"我不确定,"伍特说,"那你们那些被砍掉的肢体还在不在那个桶里?"

"应该还在。"铁皮樵夫说,"因为在奥兹国,对一个有生命的生物来说,任何部位都不会被毁灭。"

"如果是那样,那老巫婆怎么死了?"伍特说。

"那是因为她太老了,在奥兹国变成仙境以前就已经非常老了,彻底干枯了。"稻草人解释道,"她之所以能活那么多年,完全是靠魔法支撑的。所以,当多萝茜的房子压在她身上时,她就承受不住,变成灰尘,被风吹走了。但那两个年轻人的肢体永远不会毁灭。如果它们还放在桶里,那么就应该还保持着原样,和当初它们被砍下来时一模一样。"

"这已经不重要了,"铁皮樵夫说,"我们很喜欢现在的样子,铁皮身体对我们来说非常适用。"

"对,铁皮身体的确很好,"铁皮士兵附和道,"再也没有什么东西能伤害我了。"

"只要不瘪掉或者生锈。"伍特说,但那两个人对他的话表示不满,皱起了眉头。

铁皮铺子里到处都是细小的铁皮,还有各种各样的工具,比如锤子、钻、烙铁、炭炉,还有铁匠专用的工具。墙边还有一张结实的工作台,屋子中间还有一张长桌,靠卧室的墙边还放着几个壁橱。

伍特把屋里看了个遍,总算是满足了自己的好奇心,然后才说:

"我们还是去外面等铁匠吧。我们没经过允许就进了屋,他可能会不高兴。"

"没错,应该这样。"稻草人表示赞同。正当大家准备走出去时,铁皮樵夫突然喊道:"等等!"大家都站住了,不知道发生了什么事。

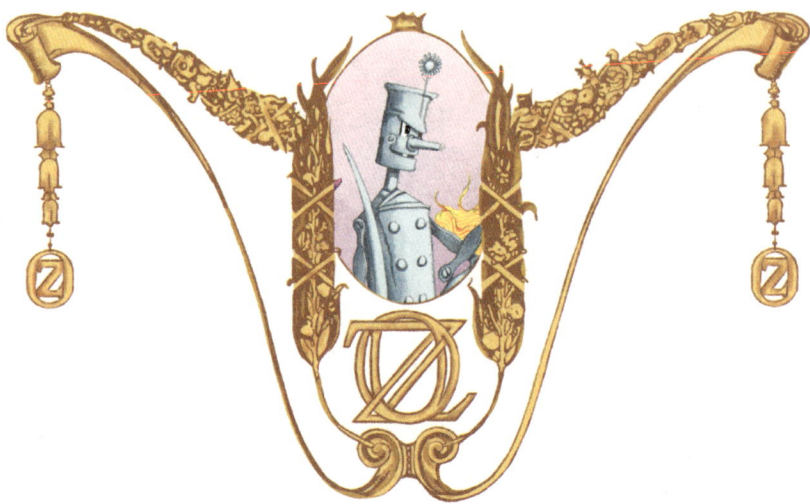

第十八章
铁皮樵夫和自己的对话

铁皮樵夫刚刚发现墙边的那些壁橱，对里面装的东西非常感兴趣，于是走过去，伸手打开了壁橱的门。壁柜里有几层架子，其中一层架子上放着一颗脑袋。这颗脑袋看上去就像一个洋娃娃的脑袋，但要大一些，他立刻意识到这是一颗人的脑袋。柜橱门打开时，这颗脑袋慢慢睁开了眼睛，死死地盯着他。在奥兹国，这样的稀奇事他见得多了，所以一点儿也不觉得意外。

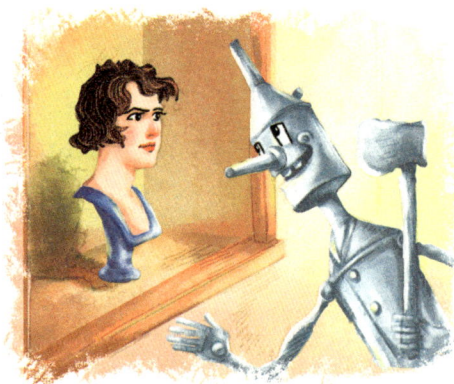

"天哪！"铁皮樵夫仔细地打量着说，"这脑袋怎么这么熟悉？我好像在什么地方见过。早上好，先生！"

"你是谁？"那颗脑袋说，"我从来没有见过你，不知道你是谁。"

"但是我对你的样子印象深刻。"铁皮樵夫说，"抱歉，我想问一下，你以前是不是有一个身体？"

"没错，"脑袋说，"但那已经过去很多年了，久到我已经记不清具体的时间了。你觉得，"它微笑着说，"我天生就是这个鬼样子吗？天底下怎么会有一颗没有身体的脑袋呢？"

"当然不会。"铁皮樵夫说，"我只是好奇你的身体去哪儿了。"

"具体的情况我也记不清了，你最好去问问库·克里普，"脑袋说，"自从我和身体的其他部位分开后，我的记忆力就大不如以前了。我的脑子还在，智力也没有什么损伤，就是记忆力变差了。"

"你在壁橱里待了多少年？"铁皮樵夫问。

"不记得。"

"那你有名字吗？"

"当然。"脑袋说，"我的名字叫尼克·乔伯。我以前是个樵夫，以砍柴为生。"

"天啊！"铁皮樵夫惊叫道，"如果你是尼克·乔伯的脑袋，那你就是我，我就是你。那我们到底是什么关系呢？"

"不要问我。"脑袋说，"我也不知道。老实说，我不想和你这样的人扯上关系。也许和你的同类相比你算优秀的，但你跟我比就差远了，只是铁皮做的玩意。"

可怜的皇帝完全不知所措了，默默地盯着那颗高傲自大的脑袋好一会儿才开口说话：

"我觉得，我在变成铁皮人以前还是挺帅的。你作为一颗脑袋，可以说相当帅气。如果你把头发梳理一下，就更加好看了。"

"这种点子你怎么想得出来，没有人帮忙，我怎么梳头？"脑袋气哼哼地说，"当我的胳膊还在时，我的头发总是梳得整整齐齐的，但是自从被砍断后，我的头发就变得乱糟糟的，因为库·克里普从来不帮我梳头。"

"这个问题我得提醒他一下。"铁皮樵夫说，"我想问一下，你还记得你曾经爱上一个叫妮米·艾米的年轻姑娘吗？"

"不记得。"脑袋说，"只有傻瓜才会问这样的问题。我只有和身体在一起时，心才会有爱的感觉，但脑袋除了会思考之外，压根儿不懂得什么是爱。"

"那你会思考吗？"铁皮樵夫问。

"以前可以。"脑袋回答。

"你在壁橱里待了很长时间，这些年来，你都在想些什么？"

"什么都没想。你怎么这么多愚蠢的问题？你只要稍微动动脑筋就会知道，我在这里能想什么呢？整天对着这些木板，有什么好想的？其他人要思考很长时间的事，我要不了多久就搞清楚了。"

"那你觉得快乐吗？"

"快乐？什么是快乐？"

"难道你不知道什么是快乐吗？"铁皮樵夫问。

"不知道。"脑袋说，"快乐是什么玩意？是圆的还是方的？是黑的还是白的？我只能告诉你，我对什么快乐一点儿也不感兴趣。"

这样的回答让铁皮樵夫感到吃惊，觉得不可思议。他的伙伴都在后面站着，眼睛直直地盯着这颗脑袋，兴致勃勃地听着他和脑袋之间的对话，谁都没有插嘴。他们一致认为铁皮樵夫是最应该和自己的脑袋交谈的人，这样才能加深他们之间的了解。

但是这时，铁皮士兵说话了：

"不知道我的脑袋是不是也在这里？"他打开了所有的壁橱门，到处都找遍了，却没有找到自己的脑袋。

"别着急，"伍特安慰道，"谁会要一颗脑袋呢？"

"我能理解他的感受。"七彩姑娘在壁橱间飞来飞去，彩色的衣裙上下飞舞着，非常好看，"人是非常恋旧的，所以铁皮士兵想找到自己的脑袋是很正常的，和人想重游故居是一样的道理。"

"然后再来一个吻别。"稻草人补充道。

"我可不想让这个铁家伙来吻我。"脑袋嚷嚷道，"我真不明白，你们这些人为什么要来打扰我平静的生活。"

"你是我的。"铁皮樵夫喊道。

"不是!"脑袋也喊道。

"我们是一起的。"铁皮樵夫说。

"但我们已经分开了。"脑袋喊道,"让我对一个铁皮做的家伙表示好感,简直可笑至极。我要休息了,请你们把壁橱的门关上,走得远远的,别再来打扰我。"

"我万万没想到我以前的脑袋让人如此讨厌。"铁皮樵夫说,"我真为你感到羞愧。"

"你应该感到庆幸才是,"脑袋说,"我在这壁橱里待得好好的,你们这些人却鲁莽地打扰了我平静的生活,所以,是你们让人觉得讨厌,而不是我。"

铁皮樵夫叹了口气,关上壁橱的门,转身要走。

"我的朋友。"铁皮士兵说,"如果我的脑袋也是这样令人讨厌的话,那我宁愿不找到它。"

"你说得没错。我对自己的脑袋实在太失望了。"铁皮樵夫说,"我一直以为我是个凡人的时候,脾气非常好。"

就在这个时候,库·克里普回来了,对眼前的客人感到非常惊讶。他的身材不高,但非常结实。他的衣袖挽得高高的,肌肉发达的胳膊露在外面;身上围着一条长长的皮围裙,把整个身体的前面全都遮住了——让伍特感到惊讶的是,他竟然没有被围裙绊倒。他的胡子是灰白色的,很长,差不多和围裙一样长。他的脑袋光秃秃的,两只耳朵很大,就像两把扇子,明亮的眼睛上还戴着一副大眼镜。很明显,他不仅心地善良,而且乐于助人,非常容易打交道。

"你们好,"铁匠说,"两位铁皮朋友一起来看我,我真是太高兴了,欢迎你们的到来。你们俩如此完美,表明我是一个技艺高超的铁匠,所以我一直觉得很骄傲。大家都请坐吧,告诉我,你们来这儿有什么事吗?"

于是,大家就坐了下来,然后跟他讲了一些他比较感兴趣的事。当铁匠听说铁皮樵夫已经成了温基的国王和奥兹玛的朋友时高兴坏了。此外，他对稻草人和七彩姑娘也很感兴趣。

他围着稻草人转了一圈，用手拍了拍他的身体说：

"不错，你的设计很巧妙。但如果是铁皮做的就更结实了，站得更稳了。你想让我……"

"不用，"稻草人立刻拒绝了，"我觉得现在的样子非常好。"

铁匠又对七彩姑娘说：

"你是我见到的最完美的姑娘，不需要任何改进了。我觉得，就这么看着你就觉得很幸福。"

"能得到你的夸奖，我觉得非常荣幸。"七彩姑娘高兴地在屋里跳着舞，进进出出。

"你有什么需要我帮忙的吗？"铁匠对伍特说。

"没有！"伍特说，"我们来这里不是找你帮忙的，而是来向你打探消息的。"

他们几个把来找妮米·艾米的经过详细地说了一遍。铁皮樵夫说他以前答应过要娶妮米·艾米为妻，而且她也在铁皮士兵生锈之前答应了自己的求婚。讲完后，他们问铁匠知不知道妮米·艾米在哪里。

"我大概知道一些，"铁匠说，"据我所知，铁皮士兵失约后，妮米·艾米哭得非常伤心，老巫婆气坏了，用拐杖把她狠狠地打了一顿。然后，老巫婆就出去采集魔药去了，打算把她变成一个又老又丑的老太婆，这样就不会有人爱她了。幸运的是，她采药时正好被多萝茜的房子压死了，变成了灰，被风吹走了。听到这个消息，我马上就叫人去告诉妮米·艾米，让她去找老巫婆的银靴，但还是晚了一步——靴子已经被多萝茜穿走了，她去了翡翠城。"

"没错，我们都听说过那双靴子的故事。"稻草人说。

"哦，"铁匠继续说，"再后来，妮米·艾米打算离开森林，和她认识的人一起住，他们的家在蒙奇山上。从那以后，我就再也没有听说过她的消息了。"

"你知道她和谁住在一起吗？"铁皮樵夫问。

"不知道，艾米没有说，我也没有问。她离开时把老巫婆房子里所有用得着的东西都拿走了，然后把一些没用的东西送给了我。但是在老巫婆的家，除了一些不知道用途的魔粉和一瓶魔法胶水之外，我没发现其他任何东西。"

"魔法胶水是什么东西？"伍特问。

"它是一种魔法制剂，可以用来粘合伤口。有一次，我不小心把自己的手指切掉了，就去找老巫婆，她用这种胶水把我的手指头粘在了一起。"他伸出手，让大家看，"瞧瞧，它和原来一样好用。我从来没有见过这样神奇的胶水。当然，当你们两位被她的魔法所伤的时候，她不允许我用胶水来替你们粘合。所以，我只好用铁皮为你们重新打造了身体。不过，这也没什么，现在你们的身体比以前的血肉之躯强多了。"

"你说得太对了！"铁皮士兵赞同道。

"没错。"铁皮樵夫说，"我刚才看见了我以前的脑袋，和我现在的铁皮脑袋相差得太远了。"

"还有一件事，"铁皮士兵说，"库·克里普，我的脑袋在哪儿？"

"我们身体的其他部分呢？"铁皮樵夫问道。

"让我想想。"库·克里普回答道，"当初你们来我这里的时候，确实带着你们被砍下的肢体，我记得我把它们放在了角落里的那个桶里。但是我敢肯定，你们没有把所有的肢体都带来。因为后来我在组装乔费特的时候，好不容易才把零件凑齐，但到最后还是发现少了一条胳膊。"

"乔费特是谁？"伍特问。

"哦，你们还不知道乔费特是谁吧？那就让我慢慢告诉你们。"库·克里普说，"他是我创造的一个奇迹，是一个怪人，你们一定会感兴趣的。他的来历是这样的：

"在老巫婆被压死，艾米也搬走之后的某一天，我在铁匠铺寻找一样东西时，无意中找到了从老巫婆家里带回来的那个魔法胶水瓶。我突然想到，既然有了这瓶神奇的胶水，我为什么不能把那些你们俩拿来的肢体粘在一起呢？如果成功了，他就能帮我干活了，这真是个好主意。我把两颗漂亮的脑袋放进壁橱里，其他的部件则被我放进了那个桶里，然后我就开工了。

"首先，我把身体粘好了，不得不说，那胶水的确很神奇，但不等于说这个工作干起来就很轻松。两人的身体根本不配套，而且有些部件没有。最后，我总算用你们两个人的部件拼成了一个完整的身体，包括心脏。"

"你用的是谁的心脏？"铁皮樵夫问。

"不知道，两个心脏看起来差不多，也没有标记。身体拼完后，我又给他装上了两条完整的腿和脚。但是两条腿不一样长，我只好把长腿削短，让两条腿一样长。新的问题又出现了，腿多出了一条，胳膊却少了一条。最后装脑袋的时候让我犯难了，我不知道该装谁的脑袋，只好闭着眼睛去摸，摸到哪个就装哪个。"

"你用的是我的脑袋。"铁皮士兵不高兴地说。

"是我的才对。"铁匠生气地说，"我已经为你装上了铁皮脑袋。瞧瞧，你现在的这颗脑袋就是用那颗脑袋换的。脑袋装好后，一个新人就诞生了。我叫他乔费特，把你们俩的名字合在了一起。虽然乔费特很有趣，但我对他并不十分满意。我只给他装了一条胳膊，所以他总是在抱怨，好像是我做错了。他身上的蓝衣服是我从邻居那儿要来的，他非常不喜欢，总是没完没了地唠叨。"

"要怪就怪我原来的那颗脑袋，"铁皮士兵说，"在我的印象里，我以前也对衣着非常挑剔。"

"作为我的帮手，"铁匠接着说，"乔费特也不称职，他干起活来总是笨手笨脚的，饭量却大得惊人，总是觉得肚子饿。他每天都要吃六到八顿饭，这让我觉得他的心脏没有安装好。他吃得太多了，这样我就经常吃不饱了。因此，当他跟我说他要去外面见见世面时，我立马就答应了。在他临走前，我还为他装了一条铁手臂，这倒让他非常高兴。就这样，我们友好地分手了。"

"那他后来怎么样了？"稻草人问。

"他一走就没音讯了。我只知道他往东走了，应该是去了蒙奇金大草原。

从此以后，我们再也没有见过面。"

"我总是觉得，"铁皮樵夫想了想，说，"你把两个人的残肢合并为一个人的做法不太妥当。现在，乔费特肯定认为自己和我们俩有血缘关系了。"

"这倒不用担心，"铁匠说，"你们应该不会碰到他，就算碰到了也没关系。我从没告诉他你们的身世，确切地说，我只跟你们说过这件事。因此，只要你们愿意，你们可以永远守口如瓶，不告诉任何人。"

"别再提这个家伙了，"稻草人说，"我们应该去找可怜的艾米姑娘，然后让她在你们之间选一个人当丈夫。按照铁匠的叙述，我们应该去蒙奇山上看看。"

"既然如此，那我们就赶快出发吧。"伍特说。

于是，他们走出铁匠铺子。此刻，七彩姑娘正在院子里和小鸟跳舞、说笑，似乎完全忘记了自己与彩虹姐妹失散的境况。

当她知道马上要去蒙奇山时，高兴地说：

"太好了，我在那里一定会遇到彩虹的，和在其他地方一样——这要看天气如何。你们觉得会不会下雨？"

大家都摇头，七彩姑娘又开始笑了起来，跟在他们屁股后面上路了，她还在继续欢快地跳着舞。

第十九章

隐身乡

他们悠闲地行走在去蒙奇山的路上时，伍特突然严肃地说：

"我总觉得有些不对劲。"

"出什么事了吗？"一直在不停跳舞的七彩姑娘问。

"因为，"伍特沉思着说，"一般最顺利的时候，也是麻烦开始的时候。就像我们现在这样，天气好，地势平坦，我们要找的那座山就在我们眼前。按道理来讲，我们没有什么麻烦了，只要顺着路走就是了。但正因为如此，我才觉得有必要担心。"说完，他叹了一口气。

"天哪！"稻草人说，"你怎么会这样想呢？这表明血肉之躯的脑子确实比不上人造的脑子。在很多时候，我只关注逻辑是不

是成立。如果有事实需要我思考，我才会思考。如果我的脑子里装的都是那些毫无根据的担心和想象，我肯定会羞愧得抬不起头，这样做非但没有任何好处，反而可能会坏事。"

"至于我，"铁皮樵夫说，"我根本用不着思考，跟着自己的那颗丝绒心走就行了。"

"那位铁匠在我的脑袋里装了许多碎铁皮，全都是边角料。"铁皮士兵说，"他说这些东西当我的脑子再好不过了。但是，每当我想问题时，这些碎铁皮就响个不停，把我弄得稀里糊涂的，慢慢地我就懒得再去想问题了。而且，我的铁皮心脏又硬又冷，对我来说简直一无是处，我觉得还是你的丝绒心脏更好。"

"一个人没有思想倒没什么大不了的，"稻草人说，"但是每天想些无用的问题，或者想些坏点子，也不是什么好事。比如你，我的樵夫朋友，你的油罐里装满了油，必要时只会给关节部位慢慢地加油，而不会浪费在其他地方。思想和油是一样的，都必须受到管束，在需要的时候才会因为某个目的而提出来。如果运用得当，思想绝对能起大作用。"

听了他的话，七彩姑娘笑了起来，因为她比稻草人懂得多。其他人则不知道该说些什么，都以为稻草人在说自己，所以全都默不作声地往前走。

不知道走了多久，走在最前面的伍特停了下来，突然发现同伴们全都不见了。他们去哪儿了？周围是一望无际的平原，没有树，甚至连兔子藏身的树丛都没有，更不用说能掉进去的大洞了。他孤零零地站在那儿，不知何去何从。

伍特因为惊讶而停了下来，疑惑不解地看着自己的脚，却惊讶地发现脚不见了。他伸出双手，结果手也没有了。他明明能感觉到自己的手、手臂和身体都在，甚至还能用脚使劲地踩踩草地，但就是看不见它们。

伍特正站在那里，想着这到底是怎么回事时，突然听见旁边传来了金属的撞击声——两个笨重的身体摔倒在地上的声音，就在他身边。

"上天啊！"这是铁皮樵夫的声音。

"疼死我了！"这是铁皮士兵的声音。

"你怎么不看路？"铁皮樵夫抱怨道。

"我看了路，但是我看不见你。"铁皮士兵说，"怎么回事？我一个人都看不见了，是我的眼睛出毛病了吗？"

"我也一样。"铁皮樵夫说。

伍特听见了他们的说话声，却看不见他们。就在这时，有什么东西撞到了他，一下子就把他撞倒在地。凭感觉，他知道这是稻草人把自己撞倒了。尽管看不见他，伍特还是把稻草人从自己身上推开了。他刚爬起来，还没站稳，七彩姑娘又把他撞倒了。

伍特坐在地上问：

"七彩姑娘，你能看见我们吗？"

"看不见。"七彩姑娘说，"我们全都隐身了。"

"这是怎么回事？"稻草人疑惑地问道。

"我们没有什么危险，"七彩姑娘说，"我们可能进入了隐身乡，这地方有一种魔力，能让我们互相看不见，仙女也同样如此。我们可以看见草、树木，连远处的蒙奇山都能看见，就是看不见彼此。"

"那我们怎么办？"伍特说。

"据我所知，"七彩姑娘说，"这种魔力只在平原的一小块地方有用。因此，我们只要挨着彼此，手拉着手，一起走出这个地方，就可以继续向蒙奇山前进了。"

"没错。"伍特跳起来说，"七彩姑娘，把你的手给我。你在哪儿？"

"我在这儿呢。"七彩姑娘说，"伍特，快吹口哨，不要停，一直到我找到你为止。"

伍特连忙追起了口哨，七彩姑娘很快就找到了他，握住了他的手。

"谁来把我扶起来？"稻草人躺在离他们不远的地方。他们摸到稻草人后，把他扶了起来。然后，稻草人一把抓住了七彩姑娘的另一只手。

两个铁皮人也设法站了起来，似乎都很狼狈。

铁皮樵夫说："糟糕，我好像站不直了，但好在其他部位正常，应该还可以走。"

伍特等人顺着他说话的声音走到了他跟前。伍特抓住了他的手，而铁皮士兵也在不远的地方，稻草人也抓住了他的手。

"我希望你站稳一点儿，"稻草人说，"不然的话，我们俩都要倒在地上了。"

"我没有摇晃。"铁皮士兵肯定地说，"但是我能感觉到，我的两条腿不一样长了。我什么都看不见，所以不知道是怎么回事。但是没关系，在离开这个有魔力的地方之前，我保证不拖你们的后腿。"

他们排成一行，牵着手继续往蒙奇山走去。突然，一个令人害怕的声音传进了他们的耳朵里，似乎就在他们的正前方。他们吓得连忙站住了，屏住呼吸，不敢发出一丁点声音。

"我闻到了稻草的味道。"一个刺耳的咆哮声响了起来，"我已经闻到了。我是希·波·吉·拉夫，我最喜欢吃的就是稻草，只要看见稻草，我就一定要把它吃个精光。稻草呢？我的稻草在哪里？"

稻草人吓得浑身发抖，连大气都不敢出。其他人也不敢说话，希望这个怪兽不会发现他们。然而，怪兽越走越近，很快就到了队伍跟前。他走到队伍的最前头，张开大嘴，去咬铁皮樵夫的身体。

"这不是稻草。"野兽大声咆哮着，然后走到了伍特的身边。

"这是人肉，也不是稻草。"他闻了闻伍特，然后站在了七彩姑娘跟前。

"这是个仙女，虽然漂亮，但是也不合我的胃口。"

七彩姑娘旁边就是稻草人，他知道，如果自己的稻草被这个怪兽吃了，在接下来的很长时间内他都会是一副空壳，因为最近的农场离这里都很远。想到这里，稻草人急忙松开七彩姑娘的手，把铁皮士兵的手放在她手里，然后偷偷地跑到了最前面去，抓住了铁皮樵夫的手。

怪兽嗅了嗅铁皮士兵，发现他已经是最后一个了。

"真是见鬼了！"希·波·吉·拉夫怒吼道，"这到底是怎么回事？我明明已经闻到了稻草的味道，怎么就是找不到呢？肯定就在附近，我一定要找到它，因为我太饿了。"

那怪物吼叫了一声，往他们左边跑了。他们急忙朝蒙奇山跑去，希望能快点避开这个可怕的怪物。

"我不喜欢这个地方。"伍特说，他还在颤抖，"我们什么也看不见，不知道附近有多少可怕的怪物，也不知道还有什么危险在等着我们。"

"不要再去想什么危险了。"稻草人说。

"为什么？"

"因为你要是总想着危险的事，那危险的事就会降临。"稻草人说，"所以大家都不要去想，这样，就不会发生什么危险的事了。现在，你们能看见了吗？"

"我还是什么都看不见。"伍特说，"说不定，我们要走出这个地方才能看见。"

正说着话，他们突然能看见彼此了，原来，他们已经在不知不觉中走出了这个有魔力的地方。正当他们要欢呼时，却发现面前有一道深沟，深沟非常长，似乎没有尽头，而要去蒙奇山，就必须越过这条沟。

"虽然这条沟不宽，"伍特说，"但我敢说，我们全都跳不过去。"

正当大家苦恼时，七彩姑娘却突然笑了起来。

"怎么了？"稻草人问。

七彩姑娘指着两个铁皮人，笑得更欢了。伍特和稻草人看了看两个铁皮人，铁皮人也看着自己。

"我被撞了，"铁皮樵夫伤心地说，"我刚刚就觉得不太对劲，现在终于知道是我的侧面被撞扁了，难怪我一直向左歪呢！士兵毛毛躁躁的，都是他的错。"

"你也好不到哪儿去。"铁皮士兵说，"我的腿就是你撞瘸的，害得我的腿都不一样长了。你就不该挡我的路。"

"是你挡我的路。"铁皮樵夫说。

两个铁皮人眼看着就要吵起来了，七彩姑娘连忙说：

"好了，不要吵了，我保证，我一定会想办法把你们身上坏的地方修好，还有稻草人，也要拍打拍打。但现在，我们有更重要的事要做，那就是想办法跨过这条深沟。"

"对，这才是最重要的事情。"伍特赞同道。

正当他们站在沟前想办法的时候，又听到了从不远处传来的怪物的吼声。他们连忙顺着吼声望去，原来是一个大怪物，他表面覆盖着一层坚硬的厚皮，像盔甲一样，脖子和长颈鹿差不多长。他的脑袋又宽又平，眼睛和嘴巴都非常大，耳朵和鼻子却很小。当他的脑袋缩下去时，脖子上就堆满了皱纹，而当他把脖子伸长时，脑袋可以抬得非常高。

"天哪，"稻草人惊叫道，"一定是那个吃稻草的怪物。"

"就是我。"那怪物说，"我喜欢吃稻草，你就是我的美味，希望你不要对我的这个嗜好感到不高兴。"

说着，那怪物就迈开四条巨腿，朝稻草人扑了过来。铁皮樵夫和铁皮士兵双双站到了稻草人面前，举着手里的斧头和宝剑。

"滚开，"铁皮樵夫警告道，"不然我就用斧头劈了你。"

"没错，"铁皮士兵说，"还有我的宝剑。"

"你们真打算这么做吗？"那怪物有些泄气地说。

"我们可不跟你开玩笑。"铁皮樵夫说，"稻草人是我们的朋友，如果没有了稻草，他就没用了。作为他的朋友，我们愿意为他奋战到底。"

那怪物坐了下来，失望地望着他们。

"我已经做好了饱餐一顿的准备，却发现自己只是在做梦，这种感觉实在是太难受了，"他说，"你们现在要到前面去，可这条沟拦住了你们，这个稻草人对你们还有什么用处呢？"

"我们可以往回走。"伍特说。

"没错。"怪物说，"但如果你们真的这样做，就会和我一样后悔。只是这样想，我不觉得好受点。"

他们朝沟那边望去，见对面有许多干草，而且已经被太阳晒干了，似乎正等着人去收割。

"你为什么不到对面去吃干草？"伍特问。

"干草哪有稻草好吃。"怪兽说，"我只喜欢吃稻草，不喜欢吃干草。再说，我太重了，根本跳不过去。不过，我的脖子很长，可以伸过去。如果

我饿得实在受不了了，才会把脖子伸过去吃对面的干草。那是在没有办法的情况下，逮着什么吃什么。"

"真没想到，你还是一个哲学家呢！"稻草人评论道。

"不是，我只是我。"怪物回答道。

七彩姑娘倒不怕这个怪物，她跳着舞来到他的身边说：

"既然你能把脖子伸到对面去，那你为什么不把我们送到沟的那边呢？我们可以坐在你的脑袋上，很容易就能过去。"

"没错，我可以这样做，也愿意这样做，"怪物回答道，"但是我有一个条件。"他说着，突然停住了。

"什么条件？"七彩姑娘问。

"我想先把稻草人吃掉。"

"不行。"七彩姑娘说，"那代价太大了。稻草人身体里的稻草很新鲜，装进去才没多久。"

"我当然知道。"怪物说，"不然的话，我还不想吃呢。"

"求求你，送我们过去吧。"七彩姑娘央求道。

"不行。"怪物坚决地说，"我必须先吃掉稻草人，没得商量。"

大家都陷入了沉默。不一会儿，稻草人壮着胆子说：

"既然这样，就让他吃了我吧。等到了对面，铁皮士兵可以用宝剑割一些干草塞进我的身体里，等找到稻草了再换也可以。虽然我一直都是用稻草填满我的身体，但现在事态紧急，用干草又有什么关系呢？用干草的确很丢脸，但为了完成一项有益的事业，牺牲一下自尊又有什么大不了的呢？半途而废虽然没那么丢脸，但是总归不是什么光彩的事。"

"你很聪明。"怪物说，"如果我把你的脑袋吃了，估计我也会变聪明的。"

"你可不能吃我的脑袋，"稻草人说，"因为我的脑袋里面不是稻草。再说，我也不能和它分开。一个人如果没有了脑袋，也就没有了脑子。"

"那好吧，就按你说的办。"怪物说。

稻草人躺在地上，让同伴把稻草从自己身体里拿出来，怪物在旁边急

不可耐地吃着。等到稻草吃完后，七彩姑娘把稻草人的衣服等东西都收拾好，打成一个包裹，然后拿在手里，说由自己保存。伍特则把稻草人的脑袋紧紧地夹在胳膊下，说要用生命保护他。

"现在，就兑现你的承诺吧。"铁皮樵夫说，"把我们送过去。"

"没问题。"怪物心满意足地舔了舔厚厚的嘴唇说，"我说到做到。坐到我的头上来，我一定会把你们全都送过去。"

怪物走到沟边，蹲了下来，七彩姑娘先跳到他的背上，然后又跳到他的脑袋上，手里拿着稻草人剩下的东西。怪兽慢慢地伸长了自己的脖子，一下子就到了沟对面，然后低下头，让七彩姑娘跳下来。

接着是伍特和两个铁皮人，他们很快就来到了沟对面，高兴地大喊大叫。

"现在，我们要做最重要的事情了，马上开始割草。"伍特说。

"没问题。但我的腿瘸了，一不小心就会摔倒的。"铁皮士兵说。

"我们应该怎样帮他呢？"伍特问七彩姑娘。

七彩姑娘没有回答，而是围着铁皮士兵跳着舞。伍特以为她没有听见自己的话，其实，七彩姑娘早就听见了，她就是在思考这个问题。过了好一会儿，她才对铁皮士兵说：

"我知道一些魔法，但从没用它治疗过铁皮腿，现在我只有试一试了，效果如何，就要看那些我看不见的守护神的意愿了。但不管怎样，至少不会让你的情况变得更糟。"

说完，七彩姑娘又在铁皮士兵身边旋转起来，把双手放在那条受伤的腿上，用甜美的嗓音唱着歌：

　　　　诸位神灵，快来帮我吧。
　　　　这条腿受伤了，
　　　　你们快让它复原吧，
　　　　我衷心地谢谢你们。

等到她唱完歌，把手收回去的时候，铁皮士兵高兴地叫了起来，因为他那条受伤的腿已经完好如初了，和以前一样站得直直的。

铁皮樵夫一直饶有兴致地看着七彩姑娘，这时开始说话了：

"七彩姑娘，你能帮帮我吗？瞧，我的腿还不如士兵呢！"

于是，七彩姑娘轻轻地抚摸着铁皮樵夫受伤的地方，美妙的歌声瞬间响起来了：

这是一个恼人的意外，
一切都是无心的。
万能的神灵们，
请让亲爱的铁皮樵夫快快复原吧！

"太好了。"铁皮樵夫站直了身体，神气地来回走踱着步子，"亲爱的七彩姑娘，你真是太厉害了！你的魔法虽然不是万能的，对我们铁皮人来说却有用极了，谢谢你！"

"干草，我要干草。"稻草人着急地说。

"对，干草。"伍特说，"别磨蹭了，快点。"

铁皮士兵马上用宝剑割起干草来了，很快就割了一大堆，填满稻草人完全没问题。伍特和七彩姑娘手忙脚乱地把稻草人填满，由于他们是第一次干这种活儿，没有经验，有的地方填得太多了，使得稻草人的胳膊和腿都鼓起来了，背上也有一个大包。伍特看了，哈哈大笑起来，说看到这个样子，让他想起骆驼了。然后他把稻草人的脑袋安上去，问稻草人有什么感觉。

"身体有些沉重，"他高兴地说，"但是没关系，我能继续走，直到找到新的稻草为止。千万别笑我，因为我自己也觉得挺不好意思的，但我觉得自己做得很对，一点儿也不后悔。"

于是，大家继续朝蒙奇山出发，在路上，大家才发现稻草人的确行动不便，所以铁皮樵夫和伍特扶着他往前走。多亏了他们俩，稻草人终于可以直线行走了。

七彩姑娘还是像以前那样，在他们身边跳着舞。虽然这种走路的方式有些奇怪，但他们觉得没什么，因为在他们眼中，她像阳光一样灿烂。

第二十章

过 夜

在蒙奇金这片神奇的土地上，随时都有神奇的事情发生，这对赶路的他们来说已经不足为奇了。他们离蒙奇山越来越近的同时，这座山也在不断地变大，他们知道，现在还不能松懈，还要加紧赶路，因为谁也说不好，历险的最后时刻会有什么事情发生。

在辽阔的草原上，映入他们眼帘的是一片广阔而平坦的草原，就在他们和蒙奇山之间。到了傍晚，他们终于走到了一座山谷前。山谷里到处都是庄稼，还有蒙奇金人住的那种蓝色的小房子。

在此之前，他们一直

没有发现这个山谷，所以走到山谷前时都大吃一惊。他们一直认为，这里肯定没人住。

"这房子太小了，"伍特说，"什么人会住这里？"

"要想知道谁住在这里，就下去敲门问问。"铁皮樵夫说，"说不定是艾米住的地方呢。"

"艾米是个小矮子吗？"伍特问。

"不是，艾米是个身高很正常的姑娘。"

"那这一定不是她的家。"伍特说。

"眼见为实。"稻草人说，"我有百分之九十九的把握。瞧，院子里有一个稻草垛。"

他们走进山谷里，山谷的四面都非常陡峭，他们很快就来到了小房子前。伍特走到房子跟前，房子的确很小，和他的腰差不多高。他弯下腰，伸手去敲门，但是没有人答应。他又敲了一会儿，还是没有动静。

"烟囱还在冒着烟呢。"七彩姑娘欢快地跳着舞，跑进了院子里。院子里种着各种各样的蔬菜，有卷心菜、甜菜和萝卜等，长得非常好。

"一定有人在里面。"伍特说，然后继续敲门。这时，房子侧面的窗户打开了，一个奇怪的脑袋伸了出来。这个脑袋是白色的，毛茸茸的，鼻子长长的，小小的眼睛圆溜溜的。耳朵藏在太阳帽里，下巴上系着帽带。

"原来是头猪呀。"伍特叫了起来。

"你好，我是斯奎林娜·斯温太太，是格伦特·斯温教授的妻子，这是我们的家。"她说，"你们是谁，有什么事吗？"

"请问，你丈夫是研究什么的？"铁皮樵夫好奇地问。

"他主要研究卷心菜的栽培和玉米成熟方面的事情。他在我们的家族里赫赫有名，如果去外面的世界，一定会更不得了的。"斯温太太骄傲地说，显得有些激动，"别怪我没提醒你们，我丈夫每天都要在家里磨他的獠牙，如果你们是屠夫，还是赶紧走吧，不然你们会后悔的。"

"我们不是屠夫。"铁皮樵夫说。

"那你带着斧头干吗？还有，你的朋友为什么带着宝剑？"

"我们只是为了我们的朋友。"铁皮樵夫解释道。

伍特接着说："请不要害怕，斯温太太，我们只是路过这里。请放心，我们不会打搅你，而且铁皮人和稻草人不用吃任何东西，七彩姑娘喝露水就可以了。虽然我必须吃东西，但我只对你地里的那些食物感兴趣。"

这时，斯温教授走到窗前，和太太一起打量这些客人。虽然男孩说了让他们放心的话，但他还是很担心。他戴着一顶蒙奇金蓝帽，还有一副大大的眼镜。他站在斯温太太身后，认真地观察了好大一会儿才说：

"根据我的判断，你们的确不是屠夫，因为屠夫会害怕我，你们却很坦然。我们不可能请你们进屋，因为我们的房子太小了，装不下你们。至于那个要吃东西的男孩，园子里的菜，他想吃什么就吃什么。你们可以在院子里待着，当作是你们自己的家，就在这里住一晚吧。不过，明天早晨你们必须离开，因为我们是喜欢安静的人，不喜欢外人打扰。"

"我能用你院子后面的稻草吗？"稻草人问。

"请自便。"斯温教授说。

"这种态度对于猪来说，已经够可以了。"伍特和同伴们一起朝屋后的稻草垛走去。

"很高兴他没邀请我们进屋，"费特上尉说，"虽然我对朋友没有太高的要求，但我还是不喜欢和猪打交道。"

一想到自己终于可以换上干净的稻草了，稻草人高兴坏了。走了这么长的路，干草已经开始下坠，让他变得更加臃肿了，显得又矮又胖，走路的时候摇摇晃晃的，好像随时都可能摔倒。

"我这个人没那么多讲究，"他说，"但我还是更喜欢人的样子，只有稻草才能让我变成人的样子。自从那个可恶的家伙吃掉一部分的稻草之后，我越来越不认识自己了。"

七彩姑娘和伍特开始忙活起来，把稻草人肚里的干草全部换成了稻草，这使得稻草人又恢复了活力。看着自己的身材又变得挺拔了，稻草人高兴得跳起舞来。别说，他跳起舞来还有模有样的。

"今晚我就睡在稻草垛下面。"伍特吃了些蔬菜，就进入了甜美的梦乡。

铁皮人和稻草人一声不吭地坐在他身边，七彩姑娘则不见了踪影，不知道她又去哪里跳舞了。

天刚亮，铁皮樵夫和铁皮士兵就立刻行动起来，为自己的身体擦油，因为他们都对自己的仪表非常在乎。现在，他们已经完全忘记了在隐身乡发生的不快，变成了好朋友，互相为对方把背部擦得亮亮的。

流浪者伍特吃了一些清脆可口的莴苣和小红萝卜当早餐，彩虹的女儿则吸吮了一些清甜的露珠。

他们走过那座小屋，在离开之前，伍特高声喊了起来：

"再见了，斯温先生和斯温夫人。"

窗户打开了，斯温夫妇从窗户里探出头来。

"祝你们旅途愉快。"斯温先生说。

"你们有孩子吗？"稻草人问，他一向很受孩子们的欢迎。

"我们有九个孩子，"斯温先生说，"但他们都不在身边。当他们还是小猪崽的时候，奥兹魔法师来了，说他们很可爱，想把他们带走，收为徒弟。我知道他是个善良的魔法师，就答应了他的请求。"

"我听说过他们。"铁皮樵夫说。

"我也是，"稻草人说，"他们一直住在翡翠城，生活得很好，而且学会了很多本领。"

"他们现在长大了吗？"斯温太太急切地问。

"没有。"稻草人说，"在奥兹国，所有的孩子都不会长大，他们永远都是小猪崽。但这也是好事，如果他们真长大了，也就不可爱了。"

"他们快乐吗？"斯温夫妇问。

"在翡翠城，每个人都很快乐！"铁皮樵夫说，"你们不用担心这个。"

他们告别了斯温夫妇，继续他们的旅程，径直朝蒙奇山走去。

第二十一章
七彩姑娘的魔法

　　眼看着就要到目的地了，这个早晨或许是这次旅程的最后一个早晨了，他们一路上非常开心。伍特欢快地吹着口哨，七彩姑娘则随着他的口哨跳舞。

　　在山坡上，映入他们眼帘的是一片广袤的平原，而平原的尽头就是蒙奇山。平原景色秀美，到处绿草如茵，鲜花盛开，令人目不暇接。几个人脚步欢快地走着，欣赏着，心情好极了。快到中午时，蒙奇山就在眼前了。山坡上覆盖着常青树，山脚下六月禾摇曳多姿。山脚下有一座可爱的小房子，周围收拾得干干净净，四周都是鲜花，门和窗户上则爬满了绿藤。

旅行者们朝着这房子走来，打算问问这里的主人，艾米在哪里。

这里没有什么小路，道路却非常宽，而且很干净。当他们走近房子时，走在最前面的伍特不知道为什么突然站住了，然后又往回一退，有些收不住脚，一屁股坐在了地上。稻草人停下脚步，疑惑地看着男孩。

"你怎么了？"他问。

伍特坐了起来，惊讶地看了看周围，眼睛瞪得和铜铃差不多大。

"我不知道。"他说。

两个铁皮人手挽着手，想走到伍特前面去，但不知道为什么，他们俩也像撞到了什么似的，一个站不住，全都摔倒在地上了，发出了一连串叮叮当当的声音。七彩姑娘看着他们的狼狈样，忍不住大声笑了起来。她跳跃着跑到前面，没想到也像撞到了什么似的，好不容易才站稳了。

这下子，所有的人都糊涂了，不知道发生了什么事。稻草人不解地问："发生什么事了？我什么东西都没看见。"

"我也是。"伍特说，"好像有什么东西撞了我一下。"

"一个隐身人用力地打了我一下。"铁皮樵夫一边说，一边使劲地和铁皮士兵分开，因为他们俩的手臂和腿全都缠在一起了。

"我不敢说前面有一个人，"七彩姑娘严肃地说，"我们前面好像有什么东西，所以我们过不去。让我看看前面别的地方是不是也是这样的。"

她说着，小心地伸出脚，往前面探着。当他们全都站成一排时，七彩姑娘伸出手，摸着前面。

"滑溜溜的，但很坚硬，像玻璃，"她说，"但肯定不是玻璃。"

"让我试试。"说完，伍特也往前走了一步，但很快就被什么坚硬的东西挡住了。

"没错。"伍特赞同地说，"不是玻璃。那么，到底是什么东西呢？"

"空气。"一个细小的声音说，"固体空气就是这个东西。"

几个人低头一看，原来是一只天蓝色的小兔子正从一个洞里探出头来，看着他们说。兔子看起来非常可爱，而且一点儿也不害怕他们。

"空气？"伍特盯着兔子的蓝眼睛，不相信地说，"这世界上有硬得推不动的空气吗？"

"这里就有。"兔子说，"强大的魔法把空气变成了一堵结实的墙，目的就是不让人靠近那座房子。"

"那它就是一堵墙，是吗？"铁皮樵夫问。

"是的，就是一堵墙。"兔子说，"而且它很厚，起码有六英尺①厚。"

"那么有多高呢？"铁皮士兵问。

"很高，大概有一英里高。"兔子说。

"我们能绕过去吗？"伍特说。

"不可能。"兔子说，"因为墙是环形的，把那座房子围在中间，你们可以围着它转，但就是无法靠近那座房子。"

"那么，是谁弄的这空气墙呢？"稻草人好奇地问。

"是妮米·艾米。"

"是她？"所有的人都喊了起来。

"是的。"兔子说，"以前她和一个老巫婆住在一起，后来老巫婆死了，她就带着老巫婆的一些魔法配方来了这里，并根据那些配方在屋子周围建了这道空气墙。空气墙是透明的，不但能防止陌生人靠近那座房子，而且不会破坏美丽的景色。"

"妮米·艾米还住在这里吗？"铁皮樵夫又问。

"是的。"

"那她是不是整天都在哭？"

"没有啊，她过得很开心。"

听了兔子的话，铁皮樵夫有些失望。稻草人忙安慰说：

"别灰心，虽说妮米·艾米现在很快乐，但她要是成了温基的王后，一定会更快乐。"

"说不定，"铁皮士兵不太服气地说，"做我的妻子会更加幸福。"

"就像我们商量好的那样，她想和我们中的谁结婚，就和谁结婚，"铁

---

① 英美制长度单位。1英尺约为0.3米。

皮樵夫说，"但问题是，我们怎样才能靠近那座房子呢？"

七彩姑娘一直在他们旁边跳舞，从头到尾都在听他们说话，她走到兔子跟前，一屁股坐了下来。她的衣服五颜六色的，好看极了。兔子一点儿也不害怕，非但没有后退，还好奇地盯着她看。

"你的地洞是不是穿过了空气墙？"七彩姑娘问。

"是的。"兔子说，"在这里打洞，我就可以在草原上跑来跑去，还可以钻到艾米的菜地去吃卷心菜。艾米应该不会生气，也不会怪我在她的魔墙上挖一个洞。但我们的洞很小，除了我们兔子之外，其他的东西都进不去。"

"要是我们能钻过去，可以经过你的地洞吗？"七彩姑娘问。

"当然可以。"兔子说，"我和艾米并不太熟悉。不过，她不太好说话，有一次我只吃了她的几棵莴苣，她就生气地拿石头砸我。昨天，她还对我说：'嘘！'天哪，吓死我了！至于我的洞，你们随便用好了。"

"这怎么可能呢？"伍特说，"我们的身体太大了，根本不可能穿过这

个洞。"

"没错，我们现在是很大，"稻草人说，"但是别忘了，七彩姑娘是一个厉害的仙女，会很多魔法。"

伍特猛然想起了七彩姑娘的身份，微笑着问她：

"你能把我们变得和兔子差不多大吗？"

"不好说，但可以试试。"七彩姑娘笑着说。

七彩姑娘施展魔法，一下子就把他们几个都变小了。他们站在兔子的洞口，觉得这洞非常宽敞，就像是地道的入口。

"我先进去吧。"七彩姑娘说完，把自己也变得和同伴们差不多大，一走进地洞就又开始翩翩起舞。稻草人紧跟其后，然后是两个可笑的铁皮人。

"轮到你了。"兔子对伍特说，"我跟在你后面，看看你们走得对不对。我想，妮米·艾米看见你们一定会大吃一惊。"

伍特钻进了漆黑的洞里，摸索着光滑的地洞壁慢慢地往前挪，走到有亮光的地方时他知道，很快就要到尽头了。要是往常，这点距离他一步就到了，但现在，他的身材变小了，这一点路就显得特别长。走了很长时间，伍特终于走到了洞口，发现自己就站在离那座房子只有一箭之遥的地方。洞口就在园了的正中间，他的脑袋上顶着一片食用大黄的叶子，像一棵大树一样，正在风中摇摆。

"现在一切顺利。"稻草人高兴地说。

"是的，但只是现在，下一刻就不好说了。"铁皮樵夫皱着眉头说，显得有些不安，"我们历尽千辛万苦来到这里，不就是为了找妮米·艾米吗？现在，她就在我们面前，我怎么能说服她嫁给我这样的小矮人呢？"

"我连玩具士兵都比不上。"铁皮士兵伤心地说，"如果七彩姑娘不能把我们变回原形，即使我们找到妮米·艾米，又有什么用呢？我确信，她不会和我们结婚，因为她害怕不小心踩死我们。"

七彩姑娘听着他们的话，笑了起来。

"假如我把你们变大，你们还怎么离开这里呢？但如果还这么小，妮米·艾米就瞧不上你们。到底想怎么样，你们自己选吧。"

"那我们还是回去算了。"伍特想了一会儿后说。

"不！"铁皮樵夫坚决地说，"我已经想好了，假如妮米·艾米愿意嫁给我的话，我就会履行自己的职责，给她幸福的生活。"

"我也是这样的想法。"铁皮士兵说，"作为一名优秀的士兵，我决不会逃避自己的义务。"

"对于这一点，"稻草人说，"不管在什么情况下，铁皮人都会勇往直前，永不退缩。不管你们怎么选择，我和伍特都支持。所以，请七彩姑娘把我们变回原样吧。"

七彩姑娘立刻把他们变回了原形。还没到半分钟，所有的人，也包括她自己在内，全都恢复了原样。他们对兔子的帮忙表示了感谢，然后立刻朝妮米·艾米的家走去。

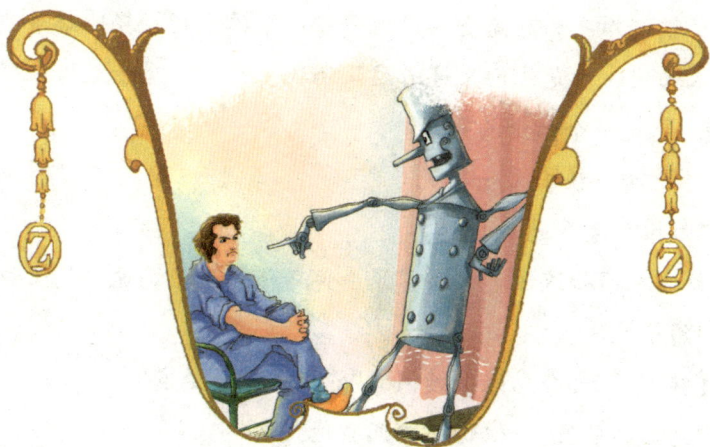

第二十二章

妮米·艾米

不用怀疑，我们的朋友历经了千辛万苦，此刻都迫不及待地想知道结局到底是什么。铁皮樵夫的心是用红丝绒做的，里面装的是木屑，所以应该没有加速跳动。铁皮士兵的心是用铁皮做的，更加不会因为任何人、任何事而激动。但他们俩都明白，他们人生最关键的时刻即将到来，妮米·艾米如何选择，将决定他们的未来。

变回原形后，头顶上的大叶子就瞬间变小了，还没有他们的脚面高。他们好奇地看着园地的周围，发现这里除了他们之外，一个人都没有，屋子里静悄悄的。他们走到门前，只见房屋前有一个小门廊。铁皮樵夫和铁皮士兵站成一排，用铁手指轻轻地敲着门。

没有人回应，于是他们又连着敲了两次。终于，屋子里传来了咳嗽声。

"谁啊？"是一个姑娘的声音。

"是我！"两个铁皮人一起说。

"你们是谁？怎么进来的？"

两个铁皮人不知道该怎么回答了，倒是伍特反应迅速，马上说：

"我们用了魔法。"

"是这样啊。"那个姑娘继续问，"你们是敌还是友？"

"我们是你的朋友。"他们异口同声地说。

这时，屋里传来了脚步声，不一会儿，门打开了，一个美丽的蒙奇金姑娘站在他们面前。

"妮米·艾米！"两个铁皮人一起喊道。

"你们怎么知道我的名字？"姑娘面无表情地问，"你们是谁？"

"你不记得我了吗？"铁皮樵夫说，"我是你以前的恋人尼克·乔伯。"

"亲爱的，难道你不认识我了吗？"铁皮士兵说。"我是你以前的爱人费特上尉。"

听完他们的话，妮米·艾米什么反应都没有，只是笑了笑，又看了看其他人。但是看起来，她并不是真的高兴，而是单纯地觉得好笑而已。

"进来吧。"妮米·艾米让他们进屋，"即使你们是我从前的恋人，时间久了也会忘记。不管怎么样，我很高兴见到你们。"

他们走进房间，看见房间收拾得非常干净，也很舒适，地上几乎一尘不染，所有的东西都摆放得非常整齐。让他们感到奇怪的是，房间里居然还有一个人，一个蒙奇金男人。他穿着华丽的衣服，懒洋洋地窝在一把躺椅上，看见客人来了，并没有起来招呼他们，只是冷冷地看着他们，显得非常傲慢、无理。然后，他厌恶地转过头去，不再看他们，似乎对他们一点儿兴趣都没有。

两个铁皮人死死地盯着那个人，越看越觉得奇怪，他手上的那条铁手臂显得非常醒目，而且和他们的铁手臂几乎一模一样。

"我认为，"费特上尉声音嘶哑地说，"先生，你就是一个骗子。"

"冷静点。"稻草人劝说道，"不要在陌生人面前失礼。"

"失礼？"铁皮士兵终于爆发了，"难道你们不知道吗？这个家伙就是个小偷，他脖子上的脑袋是我的。"

"没错。"铁皮樵夫说，"他的右臂是我的。我记得我小手指上长了个肉瘤，你们看有没有？"

"上天啊！"伍特喊道，"他一定是老铁匠创造出来的那个人，他就是乔费特。"

那个人听了，转过头来看着他们，还是板着脸。

"不错，我是叫乔费特。"他生气地嚷嚷道，"简直太可笑了，你们这帮莫名其妙的家伙，凭什么来要我的脑袋、手臂或者我的其他什么部位，现在我才是它们的主人。"

"你——你什么都不是。"费特上尉喊道。

"不错，你就是个大拼盘。"铁皮国王说。

"好了，两位先生，"妮米·艾米插嘴道，"请你们尊重一下乔费特。作为我的客人，你们不能这样无理地对待我的丈夫。"

"你的丈夫？"两个铁皮人一齐大声叫了起来。

"没错。"她说，"两个恋人都抛弃了我，所以我老早就和乔费特结婚了。"

两个铁皮人听了，都觉得很惭愧。他们羞愧地低着头，过了很长时间，铁皮樵夫才真诚地说：

"对不起，那是因为我生锈了。"

"我也是这样。"

"但是我不知道啊。"妮米·艾米说，"我只知道你们两个都没有遵守诺言。在奥兹国，要找男人还不容易吗？我离开老巫婆后就来到了这里，不久就遇到了乔费特，他是个非常有趣的人，一下子就吸引了我，从他身上，我能看到你们俩原来的样子。而且更有趣的是，他还有一条铁手臂，这让我更加容易想起你们。"

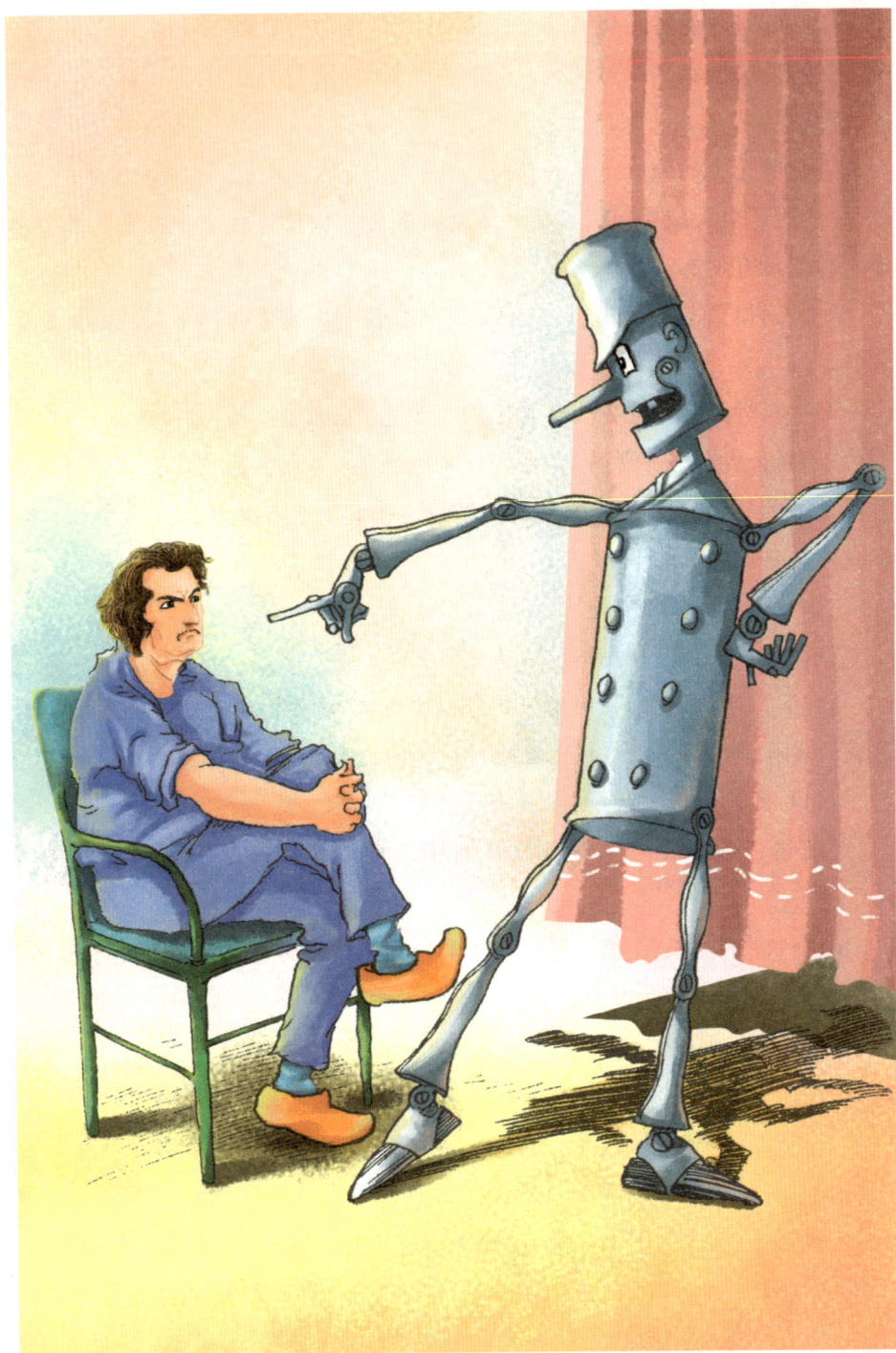

"那倒是。"稻草人说。

"但是不管怎么说，"伍特惊叫道，"妮米·艾米，这个乔费特其实就是他们俩的综合，因为他是用他们的残肢拼凑起来的。"

"不对。"看见其他人还不明白，七彩姑娘笑着说，"和铁皮人告诉你们的一样，他们俩是他们自己，而乔费特也是他自己，和他们压根儿不是一回事。"

这个问题实在是太深奥了，他们想了很久都没想通，全都疑惑地看着七彩姑娘。

"要怪就怪老铁匠，"铁皮樵夫小声嘀咕，"没有经过我们的允许，他怎么能擅自用我们的身体做成另一个人呢？"

"但现在说什么都晚了，"妮米·艾米说，"正是因为乔费特和你们俩很像，我才决定嫁给他。虽然他不是一个让我引以为荣的人，他的脾气也很善变，并不总是合我意，但是没办法，他是我的丈夫，我就要好好待他。我有时会哄哄他，偶尔也会对他发发脾气，尽量和他和平共处。"

"如果你不喜欢他，也不要紧。"铁皮樵夫说，"我会和费特上尉一起用斧头和宝剑把他砍成一块一块的，然后把属于我们的东西带走。同时，你还可以嫁给我们俩中的一个人。"

"真是个好主意！"费特上尉说完，马上去拔他的宝剑。

"不！"妮米·艾米说，"我还是喜欢我现在的丈夫。你们不知道，在我的调教下，他已经能做很多事了，不仅会去森林里提水，打理卷心菜地、除草，还会打扫房间，和很多丈夫没什么两样。虽然以前他做事很毛糙，容易出错，经常挨骂，但自从我用了正确的方法后，他已经有很大的进步，所以我想继续和他在一起。我想不通，你们为什么非要针对他呢？你们俩在变成铁皮人时毫不留情地抛弃了他，因为你们再也用不上他了，现在为什么还要回来找麻烦呢？你们走吧，彻底忘了我，就像我不再记得你们一样。"

"这主意真不错！"七彩姑娘一边跳舞，一边高兴地说。

"你现在幸福吗？"铁皮士兵问。

"是的，"妮米·艾米说，"我现在是自己的主人，是自己王国里的女王。"

"难道你不想当温基的王后吗？"

"饶了我吧。"妮米·艾米说，"抱歉，我可不想当什么王后，我喜欢自由自在的生活，讨厌烦琐而虚假的社交生活和仪式。我只想安静地生活，请你走吧，再也不要来打扰我。"

稻草人用胳膊肘轻轻地碰了碰伍特。

"她话中有话。"他说。

"那我们这一趟是白跑了。"伍特说。作为这次旅行的提议者，这样的结果难免让他觉得有些难过。

"我反而觉得挺高兴的，"铁皮樵夫说，"不管怎么说，我已经找到妮米·艾米了，也看到她生活得很幸福，再也不用为她担心了，还有什么不满意的呢？"

"我认为，"铁皮士兵说，"获得自由倒是没什么大不了的，但是一想到我的脑袋长在乔费特的身上，我就觉得气不打一处来。"

"在这个问题上，我可以确定地说，那是我身体的一部分，"铁皮樵夫说，"但是，没什么大不了的，这个家伙用了我们的身体，却让我们所爱的人获得了幸福，这不是很好吗？再说了，如果真的是我们在这里，那么我们现在就要做他所做的事了，不仅要挑水、种菜，还要挨骂，我们可干不了这些事。"

"没错，"铁皮士兵说，"我们的确应该感到庆幸。"

七彩姑娘一直在外面转悠。突然，她把她那美丽的脑袋从窗户里伸了进来，开心地叫道：

"天上的云彩越来越厚了，说不定马上就要下雨了。"

第二十三章

穿过隧道

　　天上的云层越来越厚，似乎要下雨，但却始终没有下下来。七彩姑娘希望能下雨，这样就会出现彩虹，那她就可以回到天上去了。两个铁皮人却非常害怕下雨，生怕再次生锈。虽然主人不欢迎他们，但为了避开即将到来的雷阵雨，他们宁愿待在妮米·艾米家。作为一个有思想的人，稻草人理智地说：

　　"如果我们都待在这里，雷雨一停，彩虹出现时七彩姑娘就会回到天上去，那么我们就会永远地留在空气墙里面。所以，我认为我们还是赶快离开这里。虽然，你

们两个铁皮人被雨淋了会生锈，而我被雨淋了就会彻底完蛋，但是没关系，只要离开了空气墙，伍特就会帮你们俩上油，还可以帮我整理稻草。他是血肉之躯，不会生锈，也不会发霉。"

"那就赶快走吧。"七彩姑娘在外面催促着，大家都知道稻草人说得很对。于是，他们向妮米·艾米告别，她巴不得他们赶紧离开，走得越远越好。他们又向她的丈夫告别，他还是板着脸，没有任何反应，根本就不看他们一眼。然后，他们就急匆匆地上路了。

"不得不说，你们两位以前的身体有点无礼。"稻草人在园地里说。

"没错，"伍特说，"那个家伙起码应该和我们道别。这个坏脾气的家伙！"

"求求你们，别再把他的错误算到我们头上了，"铁皮樵夫恳求道，"从现在开始，我们和乔费特一刀两断，再也不想和他扯上任何关系。"

七彩姑娘一直在前面跳着舞，很快，就来到了蓝色兔子的洞口。如果没有七彩姑娘，要找到这个洞，还真有些费劲。一到那儿，她就把他们变小了。兔子还在妮米·艾米的园地里吃卷心菜叶，没等他同意，他们就钻进了地洞。

这时，雨终于开始下了，地洞里却是干的。当他们站在地洞的那头，

也就是空气墙外面时，雷阵雨瞬间变成了倾盆大雨。

"我们先在这儿等会儿吧，"七彩姑娘说着，把脑袋从洞口伸了出去，然后飞快地缩了回去，"雨停后彩虹才会出来，在回去之前，我一定会把你们变大。"

"这主意挺好！"稻草人说，"这样我就不会淋湿了。"

"我也不会生锈了。"铁皮士兵说。

"我也会一直亮闪闪的。"铁皮樵夫说。

"我也不想把我漂亮的衣服弄得湿淋淋的，"七彩姑娘笑着说，"趁这个机会，我要和你们说再见了。认识你们很高兴，我要感谢你们把我从可恶的女巨人手里救出来。和你们一起经历的历险也很有趣，我会永远记住的。但是对我来说，回家才是最高兴的事。"

"回去后你父亲会骂你吗？"伍特担心地问。

"应该会，"七彩姑娘笑嘻嘻地说，"我以前就因为太顽皮而被父亲责骂。我的姐姐们都很温顺，从来没有离开过彩虹，所以她们连一次冒险经历都没有。我喜欢冒险，但是不喜欢在地上待的时间太长，毕竟彩虹才是我的家。我会向父亲保证，以后一定会小心一点儿，他不会怪我的，因为我们天宫里总是弥漫着快乐的气息。"

想到要与这位美丽、高雅的七彩姑娘分开，大家都觉得难过极了。他们纷纷保证，如果今后再遇到她，愿意为她做任何事情。她先是握了握稻草人和两个铁皮人的手，最后轻轻地吻了流浪者伍特的额头。

这时，雨停了，小伙伴们从洞里钻出来，站在外面。天上出现了一道美丽的彩虹，彩虹的末端正好落在他们的面前。

伍特把全部的注意力都放在那群漂亮、可爱的仙女，也就是七彩姑娘的姐姐们上，居然完全没有发觉自己已经恢复了原样。这时，七彩姑娘跨上彩虹，回到了姐姐们身边。彩虹慢慢地消失，最后彻底不见了。太阳出来了，为辽阔的大草原镶上了一道金边。

"糟糕，她走了！"伍特喊了起来。他的朋友们则挥着手，和变得越来越模糊的七彩姑娘告别。

第二十四章

剧 终

接下来发生的事叙述起来就容易多了，因为在回去的途中什么大事都没发生。稻草人担心再碰到那个吃掉他的稻草的坏蛋，就主张走另一条路回翡翠城，大家都高兴地同意了。于是，他们绕过隐身乡，回到了翡翠城。

不用说，他们到达翡翠城后首先做的就是去拜访奥兹玛公主，受到了奥兹玛公主的盛情招待。作为铁皮樵夫和稻草人的朋友与旅伴，伍特和铁皮士兵也受到了热情的接待。

在当天晚上的欢迎宴会上，他们向奥兹玛讲述了旅途的历险经过，说到他们终于找到了妮米·艾米，但她却和别人结婚了，生活得很幸福。但是，乔费特与两个铁皮人之间的复杂关系让他们差点挠破了头，于是他们征求奥兹玛公主的意见。

"我看，你们没必要再去想这个乔费特了。"美丽的奥兹玛公主说，"他们已经结婚了，只要妮米·艾米想和乔费特在一起，还有什么必要去责怪老铁匠呢？"

"没错。"小多萝茜说，"想想看，如果他不用你们的肢体去创造一个乔费特出来，那你们的肢体不就是白白浪费了吗？浪费是可耻的，你们说呢？"

"是的，"伍特说，"乔费特已经完全成为妮米·艾米的奴隶，而且离你们那么远，你们还有什么好烦心的呢？就当作你们从来没有见过他，把这一切都忘记吧。"

"不管怎样，"贝翠·鲍宾对铁皮樵夫说，"只要妮米·艾米觉得幸福，你们就把心放到肚子里吧。"

"但是我想不明白，"小狗托托说，"有哪位姑娘不愿意成为温基的王后，却愿意和乔费特这样的混合人住在那么远的地方呢？"

"她自己愿意这样做，"铁皮樵夫已经完全想通了，"再说，我也拿不准温基的臣民们是否愿意接受这样一位王后。"

在如何安置铁皮士兵的问题上，奥兹玛有些为难：如果让他和铁皮樵夫一起回温基，她担心他们俩会发生冲突。再说，如果有两个一样的人在一起，也会让温基的臣民有些无所适从。因此，她和铁皮士兵商量，愿不愿意留下来当她的侍卫，铁皮士兵立马就高兴地答应了。在当了一些日子的侍卫之后，奥兹玛把他派去管理鲜为人知的吉利金领地，让他去教化那些没有开化的人，让他们学会遵纪守法。

至于伍特，他天生就是个流浪者，喜欢到处流浪。奥兹玛允许他继续四处游荡，还保证如果他有难，就立刻去帮他。

一切都安排妥当后，铁皮樵夫和他的朋友稻草人回到了铁皮城堡，继续当他的国王。可以想象，他们俩又可以像以前一样，在一起不吃不喝、不知疲倦地谈论着刚结束不久的这次冒险经历，而对他们来说，交谈就是他们最大的乐趣。